끔찍하게 민감한

마음

끔
찍
하
게
민
감
한

마
음

버지니아 울프
양상수 옮김

꾸리에

일러두기

1. 이 책은 버지니아 울프의 에세이들을 선별해 묶은 것이다
2. 한국어판 독자들의 이해를 돕기 위해 옮긴이 주*를 넣었으며, 본문 중간의
   [ ]는 역자 첨언 또는 부연설명이다. ( )는 원문의 괄호이다.
3. 외래어 표기는 일차적으로 국립국어원 표기법을 따랐지만 현재 더 널리
   통용되는 표기는 예외적으로 그대로 사용했다.

차례

거리출몰하기 : 런던모험

1926년 12월 울프는 "저녁을 기다리는 시간 동안 런던에 대해 떠오르는 몇 가지 생각들을 채우려고" 이 글을 급히 써 내려갔다. 1927년 2월 28일 자 일기를 보면 "이번 주에 런던을 오랫동안 낭만적으로 떠돌아다닐 계획"을 세웠다. 3월 29일, 그녀는 이 글을 「예일리뷰」지의 헬렌 매커피에게 보내겠다고 썼으나, 8월 5일 비타 색빌-웨스트에게 편지를 쓸 때까지도 계속해서 교정을 보고 있었다. 편지에서 그녀는 "요즘 내 글쓰기는 아주 형편없어. 교정볼 게 계속 나오고 있어. 엉망진창이야. 거미처럼 실을 내어 그물 같은 집을 치고 싶은데"라고 썼다. 결국 이 에세이는 1927년 10월이 되어서야 「예일리뷰」지에 처음으로 발표된 뒤, 1930년 5월 샌프란시스코의 웨스트게이트 출판사에서 재발간되었으며, 사후인 1942년 『나방의 죽음』에 수록하게 되었다. 이 에세이를 특히 주목할 수밖에 없는 이유는, "의식의 흐름"이라는 특유의 문학적 기법을 볼 수 있기 때문이다. 서사적인 틀은 20세기 런던의 겨울 거리를 거니는 형태를 취하고 있지만, 화자의 눈은 도시의 풍경과 그 안에서 거주하는 기이한 개인들을 비추며, 하나의 목소리를 만들어낸 뒤 다양한 형태의 의식을 엮는 방식을 취하고 있다.

연필 한 자루를 향한 열렬함을 느껴본 적이 있는 이는 아무도 없을 것이다. 그러나 하나를 소유하는 것이 지극히 바람직할 수 있는 상황이 있다. 오후의 차를 마시는 시간과 저녁식사 시간 사이에 런던을 정처 없이 걷고 싶다는 하나의 목적을 품고 핑계를 대는 순간이 그런 때이다. 여우사냥꾼들은 여우들의 품종을 보존하기 위해 사냥하고 골프를 치는 사람들은 열린 공간들이 건축업자들로부터 보존되어야 하기 때문에 골프를 친다고 하듯, 거리를 거닐어야겠다는 욕망이 퍼뜩 떠올랐을 때 우리는 연필이 할 일을 구실로 일어나면서 말한다. "정말로 연필을 하나 사야만 해." 마치 이를 핑계 삼아 겨울에 도시의 삶에서 가장 큰 즐거움을 안전하게 탐닉할 수 있는 것처럼—런던의 거리를 한가로이 어슬렁거리는 것 말이다.

시간은 저녁이어야 하며 계절은 겨울이어야 한다. 겨울은 공기가 한없이 맑고 투명하며 거리의 친숙함이 반갑기 때문이다. 그늘과 외딴 곳, 풀밭에서 불어오는 달콤한 공기를 갈망하는 여름과 달리 우리는 그때에는 조롱을 받지 않는다. 어둠과 가로등 불빛이 드리우는 저녁 시간은 우리에게 무책임함 또한 선사한다.

우리는 더 이상 지극히 우리 자신이 아니다. 날 좋은 저녁 네 시에서 여섯 시 사이에 집을 나서면, 우리는 친구들이 아는 우리의 자아를 버리고 익명의 보행자들로 이루어진 거대한 공화국 군대의 일부가 된다. 자기만의 방에서 고독을 맛본 뒤라 그들과의 어울림은 참으로 기분이 좋다. 방에서 우리는 끊임없이 저마다 기이한 기질을 드러내고 저마다 경험한 추억을 강요하는 대상들에 둘러싸여 앉아 있었기 때문이다. 예를 들면, 벽난로 위의 선반에 놓인 저 접시는 어느 바람 부는 날 만토바*에서 산 것이다. 우리가 가게

*Mantua. 이탈리아 북부 롬바르디아주의 도시. 울프는 1908년, 1909년, 그리고 1912년에는 신혼여행 차 이탈리아를 방문했으나, 실제로 만토바를 방문했는지, 그리고 정확한 날짜가 언제인지는 알려져 있지 않다.

를 나서고 있을 때 사악한 늙은 여인네가 치맛자락을 붙잡고 늘어지더니 요즘 굶어 죽을 지경이라며 "가져가세요!"라고 외쳤고, 마치 터무니없는 아량을 베푼 것에 대해 다신 돌이키고 싶지 않다는 듯 그 희고 푸른 도자기 접시를 우리 손에 떠넘겼다. 그래서 약간 미안한 마음을 갖고, 하지만 크게 바가지를 쓴 게 틀림없다고 의심하며 우리는 그 접시를 조그만 호텔로 갖고 왔다. 호텔에서 한밤중에 여관 주인 부부가 몹시 격렬하게 말다툼하는 것을 보려고 몸을 마당 쪽으로 내밀었다가, 기둥들 사이에 수놓은 듯 엉클어진 덩굴들과 하늘에 뿌려진 순백의 별들을 보았다. 그 순간은 마치 백만 개의 동전 중에서 어느 사이엔가 미끄러진 하나의 동전처럼 깊이 아로새겨져 있다.

그곳에는 또한, 여행객들이 그러하듯, 우수에 찬 영국 남자가 커피잔과 작은 철제탁자 사이에 서서 자신의 영혼의 비밀을 드러내고 있었다. 이탈리아, 바람 부는 날 아침, 기둥 사이에 수놓인 덩굴들, 영국인과 그의 영혼의 비밀. 이 모든 것이 벽난로 위 선반에 놓인 도자기 접시에서 뭉게뭉게 떠오른다. 그리고 우리의 시선이 바닥으로 향하자 양탄자에 난

갈색 얼룩이 눈에 띈다. 로이드 조지*가 만든 것이다. 커밍스 씨**는 찻주전자를 막 채운 주전자를 내려놓으며 "악마 같은 인간!"이라고 했다. 양탄자를 태워 갈색 동그라미를 남긴 바로 그 주전자였다.

그러나 우리 눈앞에서 문이 닫히면 저 모든 것이 사라진다. 우리 영혼의 찌꺼기로 만들어 낸 집, 그래서 스스로 다른 이들과 구별할 수 있게 만든 조개껍질 같은 외피가 깨진다. 그러므로 이제 거칠고 주름투성이인 굴oyster의 지각의 중추에는 거대한 눈eye만 남겨진다.

겨울의 거리는 얼마나 아름다운가! 그것은 드러남이자 모호함이다. 이때에는 흐릿하게 문과 창문에서 대칭으로 곧게 뻗은 거리를 추적할 수 있으며, 가로등 밑에 어슴푸레한 불빛들이 섬처럼 둥둥 떠 있어 그 사이로 바삐 지나치는 사람들을 환히 볼 수 있다. 이 사람들은 모두 가난하고 초라한데도 불구하고 약간 비현실적인 모습을 띠며 의기양양하

---

*Lloyd George(1863-1945). 영국의 정치인으로 자유당 소속 수상을 지냈다. 영국 역사상 가장 급진적인 예산안을 도입, 지주들의 원성을 샀다.
**커밍스가 누구인지는 밝혀지지 않았다. W. N. P. 바벨리언이라는 이름으로 『낙심한 사내의 일기the journal of a disappointed man』(1919)를 출간한 B. F. 커밍스(1889~1919)를 염두에 두었을 가능성이 제기되었다.

다. 마치 뒤따라오는 삶을 따돌려 삶이 자신의 먹잇감에 속아 그들 없이 허둥대며 걷는 듯 말이다. 그러나 결국, 우리는 표면 위에서 매끄럽게 미끄러지기만 할 뿐이다. 눈은 광부도 아니고, 잠수부도 아니고, 땅에 묻혀있는 보물을 찾아다니는 사람도 아니다. 눈은 우리로 하여금 찬찬히 강물을 따라 떠돌게 한다. 편안히 쉬게 하고, 잠시 멈추게 하며, 보이는 것처럼 머릿속을 잠재운다.

불빛이 반짝이는 섬, 어둠이 길게 내려앉은 숲, 한쪽에는 나무들이 여기저기 흩어져 있고 풀이 자라는 곳에서 밤은 자연스럽게 몸을 포개어 잠이 들 것이며, 철책 울타리를 지나갈 때 조그맣게 나뭇가지들이 툭툭 갈라지거나 나뭇잎들이 살랑거리는 소리는 그들 주위를 둘러싼 들판의 적막을 헤아리게 하는 듯하며, 부엉이가 부엉부엉 우는 소리며, 저 멀리 계곡에서 기차가 덜컹거리는 소리가 들려오는 런던의 거리는 얼마나 아름다운가! 그러나 이곳은 런던이라는 사실을 우리는 다시금 돌이킨다. 벌거숭이 나무들 꼭대기에는 붉은빛 도는 노란 불빛의 직사각형 틀이 매달려있다. 창문들이다. 거기에 낮게 빛나는 별처럼 쉼 없이 찬연하게 타오르는 지점이 있다. 가로등들이다. 이 나라와 나라의 평화로움을 유지하고 있는 이 텅 빈 땅은 런던의 광장일 뿐이다. 사무실들과 집들에서 이 시간에도 산더미같이 쌓인 문서들을 젖은 집게손가락으로 넘기며 앉아 있는 사무원들의 책상 위로, 서류 위로, 지도 위로, 불빛은 맹렬하게 타오르고 있다. 또 난롯불은 한층 번지며 일렁이고, 가로등의 불빛은 응접실과 안락의자들, 벽지들, 도자기, 상감 세공을 한 탁자와 한 여성의 형체를 비춘다. 정확히는 찻잔에 놓인 숟가락 수를 세고 있는 여성이다. 그녀는 문을 바라본다. 마치 아래층에서 누군가가 초인종을 눌러 그녀가 안에 있는지를 묻는 소리를 들었다는 듯.

그러나 여기서 우리는 단호하게 멈추어야만 한다. 우리는 눈이 찬동하는 것보다 더 깊이 파고드는 위험에 처해 있다. 나뭇가지나 뿌리에 걸려 잔잔한 강물을 따라 내려가는 길이 가로막히고 있다. 금방이라도 잠자는 군대가 절로 움직여 천 개의 바이올린과 트럼펫으로 대응하며 우리를 깨울지 모른다. 인간의 군대는 스스로 일어나 온갖 기이함과 괴로움과 추악함을 주장할지 모른다. 조금만 더 미적거리자. 겉으로 보여지는 것들에만 만족하자—차량들의 빛나는 광휘, 누르스름한 옆구리 살과 심홍빛 살코기가 있는 푸줏간들의 육욕적 화려함, 꽃집 창문들의 유리창 사이로 아주 보란 듯이 타오르고 있는 꽃다발들의 푸르고 붉음에.

눈은 이상한 속성이 있다. 오로지 아름다운 것에만 시선이 머물기 때문이다. 나비처럼 눈은 빛깔을 찾고 온기를 쬔다. 자연이 스스로 공들여 가꾸고 치장하는 이와 같은 겨울밤에, 눈은 가장 예쁜 전리품들을 되돌려주며, 마치 온 대지가 귀중한 보석으로 만들어진 것마냥 에메랄드와 산호 덩어리들을 잘게 떼어낸다. 눈이 할 수 없는 일은 (비전문가인 보통 사람의 눈으로 말하건대) 한층 모호한 각도와 관계를 끌어내는 방식으로 이러한 전리품들을 구성하는 것이다. 그리하여 오랫동안 이 소박하고 달콤한 음식으로 이루어진, 순수하고 아무것도 섞이지 않은 훌륭한 식사를 마친 뒤에 우리는 포만감에 눈을 뜨게 된다. 우리는 구둣가게 입구에 멈춰 서서 진짜 이유와는 아무런 상관없는 핑계를 좀 댄다. 거리에서 눈부신 물품에 몸을 숙이고 있다가 약간 어둑어둑한 실내로 들어가 거치대 위에 왼발을 공손하게 올려놓으며, "음,

그렇다면 난쟁이가 되는 것은 어떤 기분일까?"라고 묻는다.

그녀는 곁에 거인들처럼 보이는 보통 크기의 자애로운 여성 둘의 호위를 받으며 들어왔다. 가게 점원들에게 미소 짓는 그들은 그녀에게 내려진 어떤 신체적 기형도 부인하며 자신들이 보호하고 있으니 안심하라는 듯한 모습이었다. 그녀는 기형인의 얼굴에 흔히 드러나는 짜증스러우면서도 미안해하는 표정을 지었다. 그녀는 그들의 다정함이 필요하면서도 그것을 몹시 불쾌하게 여겼다. 하지만 가게 점원이 소환되고 거인들이 너그럽게 미소 지으며 "이 숙녀분"을 위한 구두를 요청하고, 점원이 그녀 앞에 작은 거치대를 내밀자 난쟁이는 모두의 시선을 끌고 싶은 듯 조급하게 발을 내밀었다. 이것 봐! 이것 좀 보라니까요! 그녀가 발을 쭉 내미는 모습은 마치 우리 모두에게 잘 발육된 여자의 매끈하고 완벽하게 균형 잡힌 발을 잘 보라고 요구하는 것 같았다. 발은 살짝 구부러진 모양으로 품위 있었다. 발이 거치대에 놓여 있는 것을 보자 그녀의 전체적인 태도가 바뀌었다. 그녀는 마음이 누그러지고 만족스러워하는 것 같았다. 그녀의 태도는 자신감으로 가득 차게 되었다. 그녀는 계속해서 다른 구두를 갖다 달라고 청했고 계속해서 한 쌍씩 신어보았다. 그녀는 일어서서 발만 비추는 거울 앞에서 노란 구두, 어린 사슴 가죽으로 만든 구두, 도마뱀 가죽으로 만든 구두를 신고 발끝으로 빙그르르 돌았다. 그녀는 치마를 살짝 들어 올리더니 다리를 살짝 드러냈다. 그녀는 몸 전체에서 가장 중요한 부분은 결국 발이라고 생각하며, 발 하나 때문에 여자들은 사랑받는 거라고 혼잣말을 했다. 오로지 발만 쳐다보면서 어쩌면 자신의 나머지 몸은 그 아름다운 발의 한 부분일 거라 상상했다. 그녀는 옷을 초라하게 입었지만 구두에는 아낌없이 돈을 쓸 준비가 되어 있었다. 지금이야말로 자신을 쳐다보는 시선이 두렵지도 않을 뿐 아니라 적극적인 관심을 갈망하는 유일한 때이기 때문에, 계속해서 고르고 신어보려는 마음의 준비가 되어 있었다. 이리저리 한 걸음씩 내딛는 모습은 꼭, 내 발 좀 보세요, 라고 말하는 것 같았다. 가게 점원이 쾌활하게 그녀를 치켜세우는 말을 한 것이 틀림없었다. 갑자기 자아도취에 빠진 듯 그녀의 얼굴이 밝아졌기 때문이다. 그러나 결국 거인들은 아무리 자애로울지라도 자신들의 볼일을 봐야 했고, 그녀는 어느 것을 고를 것인지 결정하여야 했다. 드디어 한 쌍의 구두가 선택되었고, 손에 달랑거리는 꾸러미를 들고 보호자들 사이에서 걸어 나가면서, 도취감은 서서히 사라졌고, 알고 있던 것들이 되살아났으며, 예전의 짜증과 예전의 미안함이 되돌아왔고, 다시 거리에 닿았을 때 즈음에는 난쟁이가 되어 있을 뿐이었다.

그러나 그녀는 기분을 바꾸기로 했다. 우리가 그녀를 따라 거리로 나섰을 때, 그녀는 실제로 등이 구부러지고 비틀어진 기형적인 분위기를 조성하려는 것 같았다. 한눈에 봐도 형제로 보이는 턱수염을 기른 맹인 둘이 그들 사이에 있는 조그만 소년의 머리에 한 손을 얹어 몸을 지탱한 채 거리를 걸어 내려가고 있었다. 그들은 꿋꿋하긴 했지만 맹인 특유의 걸음걸이로 발을 약간 덜덜 떨면서 왔는데, 그 모습이 마치 그들의 앞길에 불어닥칠지 모르는 운명의 끔찍함과 불가피함을 더하는 것 같았다. 그들이 소년의 머리에 손을 얹고 꿋꿋이 지나갈 때, 그 꼬마 호위병은 아무런 말이 없이도 노골적으로 그들의 불행이 가진 기세로 보행자들을 둘로 가르는 듯했다. 사실 난쟁이는 이제 거리의 모든 사람들과 똑같이 다리를 절뚝거리는 기괴한 춤을 추기 시작했다. 꼭 조이는 반들반들한 물개가죽 재킷을 입은 통통한 여자, 은색 막대가 달린 사탕을 빨고 있는 좀 모자란 아이, 구경하려고 앉아 있다가 인간이 빚어내는 어처구니없는 광경에 돌연 맥을 못추는 듯 문간에 쪼그려 앉은 노인, 이들 모두 난쟁이가 절뚝거리며 박자를 맞추는 춤에 합류했다.

이 불구의 절름발이와 맹인 일행은 도대체 어떤 틈바구니에서 머무르는 것일까, 사람들은 물을지도 모른다. 이곳 홀번*과 소호** 사이에 있는 비좁고 낡은 주택의 꼭대기 방에는 아주 괴상한 명칭을 가진 사람들이 산다. 그들은 금박공들, 아코디언의 주름을 잡는 사람들, 단추에 덮개를 씌우는 사람들이거나, 훨씬 더 기이한 경우에는 잔받침이 없는 찻잔들, 도자기로 된 우산 손잡이들, 밝게 채색된 순교자들의 그림 등 별난 상품들을 거래해서 생계를 유지한다. 그들이 머무는 곳에서 물개가죽 재킷을 입은 여자는 아코디언의 주름을 잡는 사람이나 단추에 덮개를 씌우는 남자와 인사를 나누는 삶을 감내할 수 있는 것처럼 보인다. 그토록 색다른 삶이 전적으로 비극일 리 없다는 듯 말이다. 곰곰이 생각해

*Holborn. 옛 런던의 수도 자치구의 하나.
**Soho. 런던의 거리 중 하나.

보면, 그들은 우리의 번영을 시샘하지 않는다. 모퉁이를 돌때 갑작스럽게 우리는 거칠고 굶주림에 시달리고 그가 처한 불행이 확연히 드러나는 수염을 기른 유대인과 맞닥뜨린다. 또는 마치 죽은 말이나 당나귀 위에 황급히 덮개를 던져놓은 것처럼 망토에 덮인 채 공공건물 앞에 아무렇게나 방치되어 있는 등 굽은 노파를 지나친다. 그러한 광경을 보면 척추의 신경이 바짝 곤두서는 것 같다. 순간적으로 우리 눈에서 불꽃이 튀며, 결코 대답되지 않는 질문이 던져진다. 흔히 이런 부랑자들은 손풍금 소리를 들을 수 있거나, 밤이 거의 지나갈 때면 스팽글로 장식된 망토를 입은 눈부신 다리를 가진 외식객들이나 춤꾼들의 손이 닿을 정도로 가까운 극장 옆에 누울 곳을 택하지 않는다. 그들은 상점 창문 아주 가까이에 눕는다. 상점에선 계단에 누워있는 노파들이나 맹인들, 절뚝거리는 난쟁이들의 세계에 목에 금테를 두른 위풍당당한 백조들이 네 귀퉁이들을 떠받치는 소파들을 제공한다. 다채로운 빛깔의 과일 바구니들이 새겨진 탁자들이며, 상판에 조각된 멧돼지 머리의 무게를 더욱 잘 지탱하도록 녹색 대리석이 깔린 찬장들이며, 오랜 세월을 거쳐 오며 한결 더 부드러워진 카네이션들이 옅은 푸른 바닷속으로 거의 사라 져버린 듯한 양탄자들을 제공한다.

지나치면서 얼핏 보면, 모든 것이 우연히 놓여진 것 같지만 이루 말할 수 없는 아름다움이 산재해 있다. 마치 무역풍의 밀물과 썰물이 이 밤에 오직 보석만을 밀어 올려 그 짐을 정확하고 단조롭게 옥스퍼드가의 해안에 내려놓은 듯하다. 살 생각이 전혀 없어도 눈은 활기차고 너그럽다. 눈은 무언가를 만들고 꾸미고 고양된다. 거리에 서서 상상의 집에 온갖 방들을 갖추고, 그 안에 소파와 탁자, 양탄자를 마음대로 비치한다. 저 양탄자는 복도에 딱 맞겠다. 저 매끄럽고 하얀 그릇은 창문 옆의 조각된 탁자 위에 놓으면 되겠다. 우리가 떠들썩하게 즐기는 유흥은 저 두툼한 둥근 거울에 비칠 것이다. 그러나 집을 짓고 물건들을 갖추어 놓았지만, 행복하게도 그것들을 소유할 의무는 없다. 눈 깜빡하는 사이에 그 모든 것들을 해체할 수 있고, 다른 의자들과 다른 거울들을 갖춘 또 다른 집을 지을 수도 있다. 자, 이번에는 골동품 상점에 빠져보자. 받침대에 반지들과 목걸이들이 놓여있다. 이를테면, 우리가 저 진주들을 골라 두른다면 삶이 어떻게 달라질 것인지 상상해보는 것이다. 시간은 금세 새벽 두 시와 세 시 사이가 되고, 가로등들은 메이페어*의 황량한 거리에서 새하얗게 타오르고 있다. 이 시간에는 자동차들만이 지나가며, 우리는 텅 빈 공허함과 호젓한 즐거움을 느낀다. 진주를 두르고, 비단옷을 입고, 잠들어 있는 메이페어의 정원이 내려다보이는 발코니로 발걸음을 내디딘다. 궁정에서 돌아온 지위 높은 귀족들, 실크스타킹을 신은 하인들, 정치가들의 손을 꼭 쥐었던 귀족 미망인들의 침실들에 불이 밝혀져 있다. 고양이 한 마리가 정원 담장을 따라 살금살금 기어간다. 짙은 녹색 커튼 뒤, 어두운 방 한 귀퉁이에서는 '쉬쉬' 소리를 내며 유혹하는 사랑의 행위가 계속된다. 마치 잉글랜드의 여러 전원 지역에 있는 주州들이 햇볕을 쬐며 누워있는 테라스를 거닐고 있다는 듯 천천히 산책하면서, 고령의 수상**은 에메랄드를 걸치고 머리를 곱슬곱슬하게 치장한 아무개 귀부인에게 심대한 위기에 봉착한 나랏일들에 대해

*Mayfair. 런던 하이드파크 동쪽의 고급 주택지.
**1927년 당시의 수상은 1867년에 태어난 스탠리 볼드윈이었다. 그러니 1920년대 기준으로 '고령'이라고까지 할 수는 없을 터며, 울프가 아마 볼드윈이 아니라 다른 사람을 염두에 두었을 거라는 추측도 나오고 있다.

열거한다. 우리는 가장 높이 돛대를 단 가장 높은 배의 꼭대기에 타고 있는 것 같지만, 그러나 동시에 이런 종류의 일들이 하나도 중요하지 않다는 것을 안다. 사랑은 그리하여 증명되지 않고 위대한 업적도 그리하여 완성되지 않는다. 그래서 우리는 그 순간을 즐기고, 그 순간 속에서 가볍게 우쭐거리면 된다. 발코니에 서서 달빛에 젖은 고양이가 메리 공주의 정원 담장*을 따라 살금살금 기어가는 것을 지켜보면서.

그러나 이보다 더 어처구니없는 일이 있을 수 있을까? 사실은 여섯 시를 알리는 어느 겨울 저녁이고, 우리는 연필을 한 자루 사려고 스트랜드로 걸어가고 있다. 그렇다면 우리는 6월에도 진주를 두르고 발코니에 서 있을 수 있을까? 그보다 더 어처구니없는 것이 무엇이 있을까? 그러나 그것은 자연의 어리석음이지 우리가 어리석은 것이 아니다. 자연이 최고의 걸작인 사람을 만들 때 자연은 딱 한 가지만 생각한 게 틀림없다. 그 대신, 자연은 고개를 돌려 어깨너머로 살펴보면서, 우리들 각자에게 참으로 다양한 본능과 욕망을 스물스물 스며들도록 했다. 그래서 우리에게는 기다란 선과 얼

*영국 국왕의 장녀(황녀)와 래슬스 자작은 메이페어에 있는 체스터필드 하우스에 살았다.

룩이 생기며 온통 뒤죽박죽되었다. 물감이 흘러내린 것이다. 1월의 포장된 거리에 이렇듯 서 있는 것이 진정한 나일까? 아니면 6월에 발코니에서 몸을 숙이고 있는 것이 진정한 나일까? 나는 여기에 있는가, 아니면 저기에 있는가? 아니면, 이것도 저것도 진정한 나 자신이 아니고, 여기에 있는 것도 저기에 있는 것도 나 자신이 아닌, 아주 다양하고 종잡을 수 없는 어떤 것에 자신을 내맡기면서 마음 가는 대로 거침없이 나아갈 때에만 진정한 우리 자신인가? 환경은 합일을 강요하며, 편의상 사람은 완전체여야 한다. 저녁에 문을 열고 들어가는 선량한 시민은 은행가로 골프를 치며 남편이자 아버지여야만 한다. 사막을 정처 없이 떠도는 유목민이나, 하늘을 쳐다보는 신비주의자, 샌프란시스코 빈민가에 사는 난봉꾼, 혁명을 이끄는 군인, 회의주의와 고독으로 몸부림치는 부랑자여서는 안 된다. 문을 열고 들어설 때, 그는 손가락으로 머리를 정돈해야 하며, 나머지 우산들처럼 그의 것도 우산꽂이에 꽂아야만 한다.

그러나 여기, 꼭 알맞은 때에, 헌책방이 있다. 여기에서 우리는 이러한 존재의 흐름을 저지하는 정박지를 발견한다. 여기에서 우리는 거리의 화려함과 불행을 쫓은 스스로에 대해 균형을 잡는다. 활활 타오르는 석탄 난로 옆에 앉아 난로망 위에 발을 올려놓고 있는 책방 주인의 아내의 모습을 유리로 가려진 문으로 보는 것만으로도 정신이 번쩍 들 정도로 즐겁다. 그녀는 결코 책을 읽지 않는다. 신문만 볼 뿐이다. 책을 파는 일이 끝나면 그녀는 아주 즐겁게 모자에 관해 이야기한다. 그녀는 모자가 예쁠 뿐만 아니라 실용적이어야 한다고 말한다. 오, 아니, 그들은 책방에서 살지 않는다. 그들은 브릭스턴*에 산다. 조금이라도 초목을 봐야 하기 때문이다. 여름에 그녀가 가꾼 정원에서 피어난 꽃들을 꽂은 화병은 다소 먼지가 쌓인 책더미 꼭대기에 놓여 상점을 활기차게 한다. 책들은 사방팔방에 있으며, 언제나 똑같은 모험심이 우리를 채운다. 헌책들은 사람의 손길이 닿지 않은 야생의 책들이고 거처 없는 책들이다. 다양한 종류의 책들이 모여 방대한 양을 이루고 있으며, 많은 책들이 잘 정돈된 서가에는 결여된 매력을 갖고 있다. 게다가 우연히 접하게 된 잡다한 이 일행들 중에서 완전히 낯선 이방인을 스치

*Brixton. 이 글이 쓰여졌던 당시 브릭스턴은 런던 남쪽의 교외 지역으로 알려져 있었다.

다가 운이 좋으면 세상에서 제일 친한 벗을 만나게 될 수도 있다. 위쪽 선반에 놓인 어느 회백색 책의 초라하고 황폐한 분위기에 이끌려 손을 뻗어 내리면서 우리는 언제나 100년 전 중부의 자치주들과 웨일스의 모직물 시장을 둘러보려고 말등에 올라탄 한 남자를 만난다는 희망에 찬다. 여관에 묵고 있는 미지의 여행객은 맥주를 마시며 예쁜 아가씨들과 중요한 풍습에 주목하며 그저 좋다는 이유 하나로 고집스럽게 그 모든 것을 열심히 써 내려갔다.(책은 자비로 출판되었다.) 글은 한없는 산문체에 난잡하지만 사실적으로 자연스럽게 흘러나와서 그 자신도 모르는 사이에 접시꽃과 건초의 향기와 더불어 자기 자신에 대한 초상을 그려내었기에 마음의 난롯가 따뜻한 구석에 그가 영원히 자리 잡게 된다. 그는 지금 18펜스에 살 수 있다. 3실링 6펜스[42펜스]가 표기되어 있지만 책방 주인의 아내는 표지가 얼마나 낡았는지 그리고 서퍽Suffolk에 있는 한 신사의 서재에서 사 온 이래 그 책이 그곳에 얼마나 오랫동안 있었는지를 보며 그 돈이면 좋다고 할 것이다.

그리하여 책방을 둘러보면서 이를테면 우리는 이 조그

만 시집이라는 기록으로만 남겨진 채 알지도 못하고 사라져 버린 시인과 갑작스럽고 기대치 않았던 우정을 맺는다. 시집은 상당히 잘 인쇄되었고 정교하게 새겨졌으며 저자의 초상화 또한 그려져 있다. 그는 때 이르게 익사한 시인으로 온화한 문어체의 간결한 운문은 마치 코듀로이 재킷을 입은 늙은 이탈리아 손풍금 연주자가 체념한 채 뒷골목에서 손풍금을 연주하는 것과 같은 여리고 맑은 소리를 내뿜고 있다. 여행객들 중에는 빅토리아 여왕이 소녀였을 때 그리스에서 그들이 우러렀던 일몰과 그들이 견뎌냈던 불편을 그대로 증언하고 있는 불굴의 독신녀들의 행렬도 있다. 콘월의 주석 광산을 방문하는 여행은 방대한 기록으로 남길 만한 가치가 있는 것으로 여겨졌다. 사람들은 라인강 위로 느릿느릿 올라가 둘둘 감긴 밧줄 옆 갑판에 앉아 책을 읽으며 펜으로 서로를 생생하게 묘사했다. 사람들은 피라미드를 측정했으며, 수년간 문명에서 사라지기도 했으며, 역병의 늪에서 흑인들을 바꾸어 놓기도 했다. 이렇듯 짐을 꾸리고 떠나는 것, 사막을 탐험하고 열병에 걸리는 것, 평생 인도에 정착하는 것,

*Edmonton. 템스강 지류인 리강 오른쪽 강가에 위치한다.

중국까지도 관통한 뒤 교구의 삶으로 이끄는 에드먼턴*으로
다시 돌아오는 것, 바로 문 앞에서 파도가 넘실거리는 불안
한 바다처럼 먼지투성이 바닥에서 이리저리 뒤척이면서 그
영국인은 얼마나 몸이 들썩였겠는가. 여행과 모험의 바다는
평생에 걸쳐 부지런히 노력한 결과 바닥에 들쭉날쭉하게 기
둥을 세운 작은 섬에 갑자기 들이닥치는 것 같다. 책등이 금
박으로 장식된 암갈색 장정본의 책들에서 사려 깊은 성직
자들은 복음을 해설하며, 학자들은 망치와 끌로 에우리피
데스와 아이스킬로스의 고대 문헌들을 쪼아야 한다고 말한
다. 사색을 하고, 주석을 달고, 해설하는 것은 우리 주변의
모든 것에 걸쳐 놀라운 비율로 진행되며 정확하고 영속적인
밀물과 썰물처럼 고대의 허구의 바다를 적신다. 셀 수 없을
정도로 많은 책들이 빅토리아 여왕이 이 섬을 통치했을 때
의 흔한 방식대로 아서가 로라를 얼마나 사랑했으며 그들이
어떻게 헤어졌는지, 그리고 그들이 얼마나 불행했는지, 그런
뒤 다시 만나 이후에 평생 얼마나 행복했는지를 말해준다.*

세상에는 무한히 많은 책들이 있기에 우리는 얼핏 보고

*그중에서 특히 윌리엄 새커리(William Makerpeace Thackeray, 1811~1863)의
대작 『펜더니스 이야기』의 남녀주인공인 아서와 로라가 유명하다.

고개를 끄덕이며 섬광과도 같은 이해력을 번득이면서 잠깐 이야기를 나눈 뒤 다음 책으로 넘어가야만 한다. 마치 거리에서 지나치다 들은 한 마디에서 평생 동안 지어내는 구절을 얻기라도 하듯 말이다. 사람들이 이야기하고 있는 것은 케이트라고 불리는 한 여성에 관한 것으로, "난 지난밤에 그녀에게 상당히 노골적으로 말했어. …… 내가 한 푼짜리 우표를 붙여 편지를 보낼만한 가치도 없다고 생각한다면, 난 말이지……" 그러나 케이트가 누구인지, 그 한 푼짜리 우표가 언급하는 그들의 우정에 어떤 위기가 닥쳤는지, 우리는 절대 알 수 없을 것이다. 케이트는 그들의 열띤 수다 밑으로 가라앉기 때문이다. 또 여기, 거리 모퉁이에서, 또 다른 삶의 책의 페이지는 가로등 밑에서 상의하고 있는 두 남자를 장면으로 드러낸다. 그들은 신문의 윤전기를 멈추고 집어넣은 뉴마켓의 최신 기사*를 판독하고 있다. 그렇다면 그들은 어떤 행운이 찾아와 그들이 입고 있는 누더기 같은 옷을 모피와 브로드**로 바꿀 것이며, 회중시계를 차게 하고, 헐어서

*Newmarket. 경마로 유명한 잉글랜드 남동부의 도시. 이 문장은 뉴마켓 경마장에서 열린 경마 경기의 결과를 이야기하고 있다는 뜻이다.
**broadcloth. 평직물 또는 능직물의 울 또는 소모사梳毛絲의 양복감.

구멍이 난 셔츠에 다이아몬드 핀을 박아 줄 수 있다고 생각하는 걸까? 그러나 이 시간 인파 속 보행자들은 우리가 그러한 질문들을 던지기에는 너무나 빨리 지나쳐 버린다. 그들은 이제 일에서 해방되었기에 일터에서 집으로 가는 짧은 노정속에서 뺨에 신선한 공기를 맞으며 마취된 듯한 꿈에 둘러싸인다. 그들은 그날 하루 종일 자물쇠로 채워진 채 걸려 있어야 했던 밝은 색상의 옷을 입는다. 그들은 훌륭한 크리켓선수들, 유명한 여배우들, 그리고 조국이 필요로 할 때 조국을 구한 군인들이다. 꿈을 꾸면서, 몸짓으로 표현하면서, 종종 큰 소리로 몇 마디 투덜거리면서, 그들은 스트랜드를 훑고 워털루 다리를 건너 오래도록 덜컹거리는 기차에 몸을 밀어 넣은 뒤 복도에 시계가 있고 지하층에서 올라오는 저녁밥 냄새가 그 꿈을 깨게 하는 반즈Barnes나 서비턴Surbiton*의 깔끔하고 아담한 집으로 향한다.

그러나 우리는 지금 스트랜드에 와 있고 인도와 차도 사이에서 망설이고 있다. 손가락 길이만 한 막대기가 삶의 속도와 풍요를 가로막기 시작한다. "난 정말 꼭—, 난 정말이지

**런던 남서쪽의 교외 지역.

꼭—" 그렇다, 바로 그것이다. 어디에 필요한지를 살피지 않았으므로 마음은 익숙한 폭군에게 아첨한다. 사람은 항상 이것이든 저것이든 무언가를 해야만 한다. 단순히 즐기는 것은 허용되지 않는다. 이런 이유로 얼마 전에 우리는 핑계를 지어내고 뭔가를 사야 할 필요성을 만들어내지 않았는가? 그런데 그게 뭐였더라? 아, 연필이었지, 우리는 기억해낸다. 그렇다면 가서 연필을 사자. 그러나 우리가 이제 막 그 명령에 따르려는 것처럼, 또 다른 자아는 폭군의 주장할 권리에 대해 논한다. 평소처럼 갈등이 일어난다. 의무감의 막대기 뒤에서 우리는 드넓고 애절하며 고요하게 펼쳐진 템스강을 본다. 그리고 우리는 어느 여름날 저녁에 세상의 시름을 잊은 채 엠뱅크먼트*에 기대어 있는 누군가의 시선을 통해 강을 본다. 연필을 사는 것을 미루자. 이 사람을 찾으러 가자. 그리고 우리는 곧 이 사람이 우리 자신이라는 것을 여실히 알게 된다. 우리가 6개월 전에 서 있었던 곳에 서게 되었을 때, 그때처럼 다시 차분하고 초연하며 만족스러워질 수는 없는 걸까? 그렇다면 한번 시도해보자. 그러나 강은 우리가 기

*Embankment. 템스강변의 둑길.

억했던 것보다 한층 더 거칠고 잿빛이다. 조수의 시간, 바닷물이 밀려 나가고 있다. 밀물과 함께 예인선 한 척과 방수포 덮개 밑에 짚으로 단단히 묶은 짐들을 실은 바지선 두 척이 떠밀려 온다. 우리 가까이에 연인들끼리 갖는 특유의 자의식이 결여된 한 쌍이 난간에 기대고 있다. 마치 그들이 몰두하는 연애의 중요성에 대해 인류는 덮어놓고 불문不問에 붙이라고 주장하는 듯 말이다. 우리가 지금 보는 광경과 듣는 소리는 과거의 성질을 하나도 갖고 있지 않다. 6개월 전, 바로 지금 우리가 서 있는 자리에 서 있었던 사람의 평온함을 조금도 공유하지 못한다. 그의 것은 죽음의 행복이고, 우리의 것은 삶의 불안정성이다. 그는 미래가 없으며, 그 미래는 바로 지금 이 순간에도 우리의 평화로움을 침범하고 있다. 과거를 들여다보고 그것을 통해 불확실성의 요소를 제거할 때에만 우리는 완전한 평화를 누릴 수 있다. 현 상황에서는 우리는 돌아서야 하고 다시 스트랜드를 건너야만 하며, 이 시간에도 우리에게 연필 한 자루를 팔 준비가 되어 있는 상점을 찾아야만 한다.

원래 소유자들이 자신들의 분위기를 스며들게 한 삶과

특징들이 있는 새로운 방 안으로 들어가는 것은 늘 모험이 며, 그곳에 곧바로 들어가자마자 우리는 새로운 감정이 요동 치는 것을 느낀다. 틀림없이, 문구점의 사람들은 말다툼을 하고 있었다. 그들은 화가 머리끝까지 나 있었다. 부부임이 분명한 그 둘은 싸움을 멈추었고, 늙은 여자는 뒷방으로 물 러났다. 둥근 이마와 동그란 눈이 엘리자베스 시대의 2절판 으로 된 책*의 권두 삽화에 잘 어울렸을 법한 늙은 남자는 우리의 시중을 들려고 남았다. "연필, 연필이라." 그가 반복 했다. "당연히, 당연히 있죠." 그는 감정이 맹렬하게 솟구쳐 올랐다가 억누르는 사람의 산만하면서도 호들갑스러운 말 투로 말했다. 그는 계속해서 상자들을 열었다가 다시 닫았 다. 서로 다른 물품들을 무척이나 많이 보관하기 때문에 물 건을 찾는 게 매우 어렵다고 했다. 그는 아내의 행위로 인해 법적으로 커다란 문제에 빠진 어떤 신사에 관한 이야기를 늘어놓기 시작했다. 여러 해 동안 그 신사를 알고 지냈다면 서 반세기 동안이나 법학원**과 연줄이 있었다고 했다. 뒷방

*folio. 초창기에 유럽에서 인쇄된 대형 크기의 책.
**런던의 4개의 법학원으로 변호사 임명을 전담했다.

에 있는 아내가 엿듣기를 바라는 것 같았다. 그는 고무줄로 묶인 상자를 하나 엎었다. 마침내 자신의 무능함에 화가 치밀어 오르자 반회전문을 밀며 거칠게 소리쳤다. "연필 어디다 보관해둔 거야?" 마치 아내가 연필들을 숨겨둔 것처럼. 늙은 부인이 들어왔다. 아무도 쳐다보지 않으면서, 그녀는 당연하다는 듯 엄격한 태도로 손을 정확한 상자에 넣었다. 연필들이 있었다. 그렇다면 그가 그녀 없이 어떻게 지낼 수 있겠는가? 그에게 그녀는 없어서는 안 되지 않을까? 억지로 중립을 지키며 나란히 선 그들을 계속 거기에 있게 하기 위하여 우리는 연필을 까다롭게 골라야만 했다. 이건 너무 부드러웠고 저건 너무 딱딱했어. 그들은 말없이 쳐다보며 서 있었다. 거기에 서 있는 시간이 길어질수록 그들은 차츰 진정되었다. 열이 좀 삭혀지고, 분노가 사라졌다. 이제, 양쪽 다 한마디 말도 없이, 말다툼이 끝났다. 벤 존슨*의 책 속표지를 먹칠하지 않았을 늙은 남자가 상자에 손을 뻗어 제자리로 돌려놓았고, 우리에게 깍듯이 고개 숙여 인사했다. 그리

*Ben Jonson(1572~1637). 엘리자베스시대 영국의 시인, 극작가, 평론가. 『십인십색』으로 기질희극의 유행을 주도하였다. 『에피코이네』, 『연금술사』 등의 작품을 남겼다.

고 그들은 사라졌다. 그녀는 바느질감을 꺼내놓았을 테고, 그는 신문을 읽었을 것이며, 카나리아는 그들에게 공평하게 씨앗을 흩뿌렸을 것이다. 말다툼은 끝났다.

　유령 하나가 찾아 들어온 이 몇 분 동안 말다툼이 수습되었고 연필을 한 자루 샀으며 거리는 완전히 텅 비게 되었다. 삶은 꼭대기층으로 물러났고, 가로등들이 켜졌다. 인도는 메마르고 딱딱했으며, 길은 망치로 두드려 편 듯한 은빛이었다. 그 황량함 사이로 집으로 걸어가면서 우리는 난쟁이에 대해, 맹인에 대해, 메이페어 저택의 파티에 대해, 문구점에서의 말다툼에 대해 스스로에게 이야기할 수 있다. 이러한 저마다의 삶 속으로 우리는 살짝 뚫고 들어가 하나의 마음에 얽매이는 게 아니라 몇 분 동안만이라도 잠시 타자의 몸과 마음을 취할 수 있다는 환상을 충분히 스스로에게 불어넣을 수 있다. 우리는 세탁부가 될 수도, 술집 주인이 될 수도, 거리의 가수가 될 수도 있다. 그리고 인간성이라는 곧게 뻗은 길을 떠나, 검은딸기나무들과 빽빽한 나무줄기들로 이어지는 오솔길을 지나 우리의 동료들인 야생동물들이 살고 있는 숲 한가운데로 발을 디디는 것보다 더 큰 즐거움과 경이로움이 있을 수 있을까?

일탈하는 것이 가장 큰 즐거움이며, 겨울의 거리에 출몰하는 것이 가장 위대한 모험이라는 것은 진실이다. 하지만 우리는 다시 집 현관 계단에 다다르면서, 오래된 소유물과 오래된 편견이 우리를 감싸고 있다는 느낌에 위안을 받는다. 그토록 여러 거리 구석구석에서 이리저리 떠돌았고, 그토록 여러 접근하기 어려운 전등들의 불길에 나방처럼 난타당한 자아는 보호받고 에워싸인다. 여기에 다시 평소의 문이 있다. 여기에 우리가 떠나면서 빙그르 돌아갔던 의자와 도자기 접시와 양탄자 위에 난 갈색의 동그라미가 있다. 그리고 여기에—살살 부드럽게 살펴보자, 경외심을 갖고 만져보자—도시의 모든 보물로부터 되찾아온 유일한 전리품인 연필이 한 자루 있다.

서식스의 저녁 : 자동차에서의 단상들

이 에세이는 1927년에 쓰여졌으며, 1942년 『나방의 죽음』에 출간되었던 것이다.

울프는 서식스에서 오랜 기간을 살았다. 그녀와 남편인 레너드 울프는 서식스에 집을 두 채 갖고 있었는데, 아쉽게도 지금은 없어진 베깅엄 근처의 아샴 하우스와 1919년 7월 로드멜에 산 몽크스 하우스가 그것이다. 그녀는 서식스를 "세상에서 가장 아름다운 마을"로 "어울리지 않는 자그마한 상점들과 내닫이창으로 가득 찬, 노부인들과 애완견들이 햇볕을 쬐는 뒷골목" 사이로 거니는 것을 무척 좋아한다고 썼다. 정치인이자 후원자인 시드니 워터로에게 보낸 편지에서 그녀는 "우린 무척이나 멋진 나날을 보내고 있어요. 무더위, 소음, 거리의 악단, 부두, 얼음, 빵, 매춘부…… 노신사, 일몰 등등을 즐기고 있지요"라고 전했다. 산업혁명 기간 동안 서식스에는 외부인들이 대거 '침입'했다. 울프는 서식스 해안이 개발되는 것을 안타까워했지만, 그러나 노동자들이 대거 유입된 게 아니라 은퇴자들이나 주말을 즐기려는 부유한 사람들이었다. 울프를 비롯한 블룸즈버리그룹 일원이 서식스에 정착한 것도 이 시기의 사회적 패턴과 궤를 같이한다. 서식스 '침입'은 자동차의 개인적 소유를 통해 이루어졌으며, 울프 역시 『등대로』를 출간한 뒤 그 수입으로 자동차를 샀고, 그로 인해 시공간에 대한 새로운 경험에 눈을 뜨게 되어 이 글을 썼다고 한다.

저녁은 서식스*에게 친절하다. 서식스는 이제 더 이상 젊지 않으므로 램프 위로 갓이 드리워졌을 때 나이 든 여자로서 얼굴의 윤곽만 남아 다행인 저녁의 장막이 고맙다. 서식스의 윤곽은 여전히 아주 근사하다. 절벽은 바다 쪽으로 우뚝 솟은 채 줄지어 있다. 이스트본Eastbourne, 벡스힐Bexhill, 성 레오나드St. Leonards**의 온갖 거리와 그곳의 숙박시설들, 구슬가게들과 과자점들, 현수막들과 상이군인들과 유람버스들 모두 자취를 감춘다. 남아있는 것은 10세기 전 윌리엄***

*Sussex. 잉글랜드 남동부의 주.
**서식스주 동부의 마을들 이름. 울프는 작은 마을인 로드멜에 있는 몽크스 하우스Monk's House에서 많은 시간을 보냈다. 현재는 동부 서식스의 행정 중심지다.
***노르망디의 공작인 윌리엄은 1066년 헤이스팅스 전투에서 승리한 후 영국의 윌리엄 1세가 되었다.

이 프랑스에서 건너왔을 때 있던 것들이다. 늘어선 절벽이 바다로 뻗쳐있다. 들판 또한 메워졌다. 바닷가에 점점이 박혀 있는 붉게 물든 별장은 호수의 엷고 맑은 갈색 공기가 거세게 밀려들면서 그 속에서 흠뻑 젖는다. 가로등을 켜기에는 아직 너무 이르다. 별이 뜨기에도 너무 이르다.

그러나 나는 지금처럼 아름다운 순간에는 항상 안달나게 하는 어떤 침전물이 있다고 생각했다. 눈을 들어 올려다보면 우리가 예상할 수 있는 것보다 훨씬 더 위대한 아름다움에 압도당하는 것에 대하여 심리학자들은 설명해야 한다. 이제 배틀* 위로는 분홍빛 구름이 드리워져 있으며, 들판은 대리석 무늬로 얼룩져 있다. 우리의 지각은 황급히 공기를 불어 넣어 팽창한 고무풍선처럼 급속히 부풀어 오른다. 그런 뒤 아름다움과 아름다움과 아름다움이 터질 듯 팽팽하게 부풀어 오른 것처럼 보였을 때 어떤 핀 하나가 찔러 그것은 터져버린다. 그런데 그 핀이 무엇일까? 내 생각에 핀은 자신의 고유한 무력감과 관련이 있다. 나는 이것을 견딜 수 없고―나는 이것을 표현할 수 없으며―나는 그것에 맥을 못

*Battle. 동부 서식스 마을로 헤이스팅스 전투가 벌어졌던 지역.

추며―나는 지배당한다. 그곳 어딘가에 불만이 놓여있다. 그
것은 사람의 본성이 받아들이는 모든 것에 대한 지배력을
요구한다는 생각과 관련이 있다. 여기서 지배력이란 우리가
지금 서식스에서 보는 것을 또 다른 사람이 공유할 수 있도
록 전달하는 힘을 뜻한다. 그런데 게다가, 핀이 또 한 번 더
찔러 우리는 기회를 놓치고 만다. 아름다움이 오른손, 왼손
에 퍼졌기 때문이다. 등 뒤에도 역시 퍼져있다. 그것은 내내
새어나가고 있다. 우리는 욕조와 호수를 채울 수 있는 급류
에 골무만 제공할 수 있을 뿐이다.

　　하지만 여기서 그만 손을 놓아버리자고, (이와 같은 상
황에서 자아가 어떻게 분열해서, 하나의 자아는 간절히 열
망하고 불만스러워하며 또 다른 자아는 엄격하고 냉철해지
는지는 잘 알려져 있다.) 이 불가능한 염원을 그만 단념하자
고, 나는 말했다. 우리 앞에 펼쳐진 경치에 만족하자. 앉아
서 흠뻑 빠져드는 것이 가장 좋다고 하는 내 말을 믿자. 수
동적이 되어야 한다. 받아들여야 한다. 자연이 우리에게 고
래의 몸을 잘게 조각낼 수 있는 작은 주머니칼 여섯 개를 주
었으니 신경 쓰지 말자.

이 두 자아가 아름다움의 현존 속에서 지혜로운 노정을 채택하는 것에 대한 대화를 여는 동안, (이제 제3자 그 자체임을 선언한) 나는 그토록 순전히 소일거리를 즐기는 자아들은 얼마나 행복한가라고 나 자신에게 말했다. 자아들은 거기 질주하는 차에 앉아 모든 것을 눈여겨본다. 건초 더미, 적갈색의 지붕, 연못, 등에 자루를 메고 집으로 돌아가는 노인을 본다. 거기에 앉아 자아들은 하늘과 땅이 색채 상자에서 온갖 색채를 꺼내 맞추며, 음울한 1월이라는 것을 헤아려 서식스의 조그만 헛간과 농가들이 붉은빛으로 급속히 물드는 것을 본다. 그러나 약간 다른 존재인 나는, 조금 멀리 떨어져 초연하고도 우울하게 앉아 있다. 하늘과 땅이 그토록 분주한 동안, 나는 나 자신에게 말했다. 가버렸어, 가버렸다고. 끝났어, 끝났다고. 다 지나갔어, 다 지나갔고 끝나버렸다고. 길이 뒤로 남겨지는 바로 그 순간 삶을 두고 가는 것처럼 느껴진다. 우리는 길게 펼쳐진 길을 지나왔고, 그 길은 이미 잊혀졌다. 그 길에서 우리가 켠 불빛이 아주 잠깐 동안 창문을 밝혔다. 이제 그 불빛이 꺼진다. 다른 차들이 우리 뒤로 온다.

그러더니 별안간 네 번째 자아가 말했다. (이 자아는 명백히 휴지기로 잠복해 있다가 느닷없이 불쑥 튀어나오는 자아다. 그 자아가 하는 말은 종종 그간 벌어진 일과는 좀처럼 상관없지만, 바로 그 갑작스러움 때문에 주의해야 한다.) "저것 좀 봐." 빛이었다. 영롱하고 기이하며 이루 설명할 수 없는 빛. 잠깐 동안 나는 그것의 이름을 부를 수 없었다. "별"이라고 부르려는 순간, 그것은 예상치 못한 기묘한 깜빡임을 동반하며 이리저리 춤을 추듯 빛을 발했다. "무슨 말인지 알겠어. 이 변덕스럽고 충동적인 자아야. 너는 저기에서 모습을 드러내며 구릉지대 위로 비추는 빛이 미래에 매달려 있다고 느끼는 거지. 이것을 이해하려고 하자. 추론해 보자. 나는 불현듯 과거가 아니라 미래에 속해있다고 느긴다. 나는 5백 년 후에 도래할 서식스에 대해 생각한다. 총체적으로 엄청나게 증발될 거라고 생각한다. 많은 것들이 초토화되고 제거될 것이다. 거기에 마법의 문들이 있을 것이다. 전기로 돌아가는 찬바람이 집들을 정화할 것이다. 불빛은 맡은 바 소임을 다하며 강렬하고 확고하게 대지를 살살이 훑을 것이다. 저 언덕에서 움직이는 불빛을 보라. 그것은 차의 전조등이다. 5백 년 후에 서식스는 밤낮없이 흐르는 매력적인 상념들과 빠르고 효과적인 광선들로 가득 찰 것이다."

　태양은 이제 지평선 아래에 있다. 어둠이 빠르게 퍼졌다. 내 자아들 중 어느 누구도 산울타리에서 점점 가늘어지는 우리의 전조등 너머를 볼 수 없다. 나는 그들을 함께 호출했다. "이제 우리의 이야기를 마감할 때야. 이제 우리 자신을 한자리에 모아야 해. 우리는 하나의 자아가 되어야 해. 어느 게 길이고 어느 게 둑인지 끊임없이 반복해서 비추며 밀어젖히고 나아가는 우리의 불빛 외에는 아무것도 보이지 않아. 우리는 아무런 부족함이 없이 살고 있어. 우리는 무릎덮개에 따뜻하게 감싸여 있으며, 비바람으로부터 보호받지. 우리는 혼자야. 이제 정산해야 할 시간이야. 일행을 통솔하는 나는 이제 우리가 가져온 모든 전리품들을 순서대로 정리할 거야. 어디 보자. 오늘 수많은 아름다움이 들어왔네. 농가들, 바다 쪽으로 서 있는 절벽들, 대리석 무늬와도 같은 들판들, 아롱진 들판들, 깃털처럼 붉게 물든 하늘들, 이만큼 들어왔네. 개인의 소멸과 죽음도 있었지. 사라져가는 길과 창문에 잠시 불빛이 비쳤다가 어두워졌지. 그런 뒤 돌연 춤을 추듯 불빛이 이리저리 휘날렸는데, 그것은 미래에 매달려 있었어. 그러면, 우리가 오늘 만든 것은," 나는 말했다. "저 아름다움이다. 개인의 죽음이다. 그리고 미래다. 보라, 나는 너희를 만족시키기 위해 작은 형상을 만들 것이다. 여기 그 형상이 온다. 이 작은 형상이 아름다움과 죽음을 거쳐 뜨거운 바람 한 줄기로 집들이 정화되는 경제적이며 강력하고 효율적인 미래로 이끈다면 너희는 만족하겠는가? 그를 보라. 거기 내 무릎 위에 있는" 우리는 앉아서 그날 만들었던 형상을 바라보았다. 깎아지른 듯한 바위들, 빼곡한 나무숲이 형상을 둘러쌌다. 그 형상은 잠깐 동안 아주, 아주 엄숙했다. 실제로 마치 사물들의 실체가 거기 무릎덮개 위에 전시되는 것처럼 보였다. 격렬한 전율이 일었다. 마치 전기의 전하電荷가 우리에게 들어오는 것 같았다. 우리는 함께 외쳤다. "그래, 그렇지." 마치 무언가를 단언하는 것처럼, 인식의 순간에.

그런 다음 지금까지 침묵을 지켜온 몸이 노래를 부르기 시작했다. 처음에는 거의 바퀴가 굴러갈 때 나는 듯 나지막한 소리였다. "계란과 베이컨, 토스트와 차, 난로와 목욕, 난로와 목욕, 토끼고기 스튜," 노래는 계속되었다. "빨간 커런트 젤리, 와인 한 잔, 이어서 커피 한 잔, 이어서 커피 한 잔을 마신 다음 자러 간다네, 자러 간다네."

　"꺼져 버려." 나는 소집된 내 자아들에게 말했다. "너희들이 할 일은 끝났어. 너희들을 해산시키겠어. 잘 자."

　그리고 남은 여행은 내 몸을 벗으로 하며 아주 즐겁게 이루어졌다.

탈란드하우스

이 글은 1940년 9월 22일 자 울프의 일기에서 발췌해 남편인 레너드가 사후에 『과거의 스케치A Sketch of the Past』라는 제목으로 출간한 글 중 하나다.

콘월의 스타일 아이브스 외곽에 위치한 탈란드 하우스는 아버지인 레슬리 스티븐이 1881년에서 1895년까지 여름별장용으로 빌린 곳이었다. 『등대로』와 『파도』, 『제이콥의 방』의 무대가 되기도 한 탈란드 하우스는 울프의 전 생애에 걸쳐 행복이라는 개념이 자리 잡는 유일한 곳이다. 울프가 태어난 지 6개월 된 아기였을 때 처음 갔던 집이고, 열세 살이 되었을 때 어머니의 죽음(1895)으로 갑자기 잃어버린 집이다. 어머니가 죽자 아버지는 그곳으로 다시 돌아갈 수 없었고, 별장은 새로운 주인을 맞이했다. 10년 후인 1905년 8월에 가족들이 그곳을 다시 찾았을 때는 다른 거주자들이 집을 환하게 밝히고 있었으며 그들 자신은 마치 "유령" 같이 느껴졌다고 한다.

아버지는 어느 도보 여행길에 세인트 아이브스St Ives를 발견했다. 내 생각엔 1881년이 틀림없다. 아버지는 그곳에 머무르다가 탈란드 하우스를 세 놓는다는 것을 보았던 게 틀림없다. 호텔이나 별장도 없이 거의 16세기 그대로 있어온 마을을 보았던 게 틀림없고, 시간이 시작된 이래 그대로 있어온 만灣을 보았던 게 틀림없다. 세인트 어스St Erth에서 세인트 아이브스까지 선로가 만들어진 첫해였다고 생각된다. 그 전까지 세인트 아이브스는 철로에서 약 29킬로미터 정도 떨어져 있었다. 트레게나Tregenna에서 아마 샌드위치를 우적우적 먹으면서 아버지는, 특유의 성격대로 조용히, 만의 아름다움에 깊은 인상을 받았던 게 틀림없고, 여름휴가를 보내기 좋겠다고 생각해서 여느 때처럼 신중하게 수단과 방법을 궁리해낸 게 틀림없다. 나는 이듬해 1월에 태어날 예정이었다. 그분들은 가족 수를 제한하기를 바라서 내가 태어나는 것을 방지할 수 있는 일을 했겠지만, 아버지는 당신들이 취한 조치가 성공하지 못했다는 사실을 알고 있었던 게 틀림없다. 예방조치를 취했는데도 불구하고 다시, 나보다 1년 뒤(1883년)에 애드리언이 태어났다. 돈에 대한 강박이 있었던 한 남자가 매해 여름 가족과 유모들, 하인들을 잉글랜드의 끝에서 끝으로 여행시키는 데 드는 비용에 직면하면서도, 그의 표현대로 잉글랜드의 딱 발톱에 있는 집을 한 채 가지는 게 가능하다는 생각을 했다는 것은 그 시절이 얼마나 안락하고 넉넉했는지를 입증한다. 아무튼 아버지는 실행에 옮겼다. 부모님은 그 집을 대서부철도회사로부터 빌렸다. 거리가 한 가지 면에서 단점임을 증명했는데, 여름에만 갈 수 있었기 때문이다. 따라서 우리는 1년에 2개월이나 기껏해야 3개월 정도를 시골에서 지냈다. 나머지 몇 달은 전부 런던에서 보냈다. 그러나 돌이켜보면 콘월에서 보낸 여름철만큼 우리가 아이들로서 그만큼이나 색다르게 보낸, 그토록 소중한 것은 아무것도 없다. 런던에서 몇 달을 보낸 뒤에는 콘월의 시골로 떠나고 싶은 마음이 강렬해졌다. 우리의 집과 우리의 정원을 갖고, 만을, 바다를, 황무지를 갖고, 클로지, 헤일즈타운 늪지, 카비스만, 레란트, 트레베일, 제노, 거너드 헤드*를 갖고, 노란 차양 뒤에서 첫날 밤 파도가 부서지는 소리를 듣고, 모래를 파헤치고, 고깃배를 타고 바다로 나가고, 바위를 뒤적거려 황갈색의 말미잘이 촉수를 흔드는 것을 보거나 아니면 바위에 젤리 덩어리처럼 달라붙어 있는 것을 보고, 이따금 작은 웅덩이에서 펄떡거리는 조그만 물고기를 찾아내고, 개오지 조개껍질을 줍고, 식당에서 문법책을 대충 훑어보며 빛에 따라 변하는 만을 보고, 회색이나 밝은 녹색의 에스칼로니아 잎사귀들을 보고, 읍내로 내려가 주석으로 도금한 압정이나 주머니칼을 사고, 찰랑거리는 곱슬머리 가발을 쓴 랜햄 부인의 집 부근을 어슬렁거리고, 랜햄 씨가 '광고를 통해' 그녀와 만나 결혼했다는 하인들의 말을 듣고, 비탈진 좁은 골목길에서 나는 온갖 생선 비린내를 맡고, 입에 생선 뼈를 문 수많은 고양이들을 보고, 집 바깥에 세워진 계단에서 물통에 든 더러운 물을 하수구로 쏟아내는 여자들을 보

*모두 콘월의 세인트 아이브스 근처에 위치한 해안 지역과 마을들의 이름이다.

고, 노란 막이 뒤덮인 콘월크림*을 매일 맛있게 먹고, 블랙베리에 흑설탕을 가득 쳐서 먹었던 일들…… 하나씩 연달아 기억나는 것들로 이 페이지들을 다 채울 수도 있다. 그 모든 것들이 세인트 아이브스의 여름을 상상할 수 없을 정도로 활기차게 만들었다. 탈란드 하우스를 빌렸을 때, 아버지와 어머니는 우리에게—어쨌든 나에게는—영구적이고도 귀중한 것을 준 셈이었다. 나의 어린 시절에 대해 생각할 때 서리 Surrey나 서식스, 또는 와이트섬만 떠올린다고 생각해보라.

그 마을은 당시 16세기 모습 그대로였던 게 틀림없다. 사람들에게 알려지지 않은, 찾아오는 사람도 없는 곳으로, 섬 아래 움푹 들어간 곳의 비탈에 화강암 주택들이 여기저기 솟아 있었다. 콘월이 현재의 스페인이나 아프리카보다 잉글랜드에서 더 멀리 떨어져 있을 때 몇몇 어부들을 위한 대피처로 지어졌던 게 틀림없다. 그곳은 가파른 작은 마을이었다. 충충계단이 있는 주택들이 많았는데, 계단에는 문까지 난간이 이어져 있었다. 벽들은 바다의 폭풍에도 견딜 수 있도록

*Cornish cream. 콘월 지방산 농축 크림. 스콘이나 빵에 발라 먹거나 디저트류의 음식에 곁들여 먹기도 한다.

두꺼운 화강암 덩어리들로 지어졌는데 파도가 밀려와 콘월 크림 빛깔로 얼룩덜룩하게 물들어 있었으며 응고된 크림처럼 거칠었다. 보드랍고 고운 것은 아무것도 없었다. 붉은 벽돌도, 푹신한 초가지붕도 없었다. 18세기 남부 모든 마을에 그토록 뚜렷하게 남겨졌던 흔적이 세인트 아이브스에는 전혀 남아 있지 않았다. 꼭 어제 지어진 것도 같고, 아니면 정복왕 시절*에 지어진 것 같기도 했다. 건축양식도, 설계도 없었다. 시장은 우둘투둘한 자갈들이 펼쳐진 곳이었고, 교회가 그 옆에 있었는데 주택들과 마찬가지로 낡지 않는 화강암으로 지어졌으며, 어시장이 그 옆에 있었다. 그 앞에는 풀밭이 없었다. 교회는 시장과 서로 인접해 있었다. 그곳에는 조각이 된 문들도, 커다란 창문들도, 상인방**들도 없었고, 이끼도 끼어있지 않았으며, 전문가의 솜씨가 드러나는 멋들어진 집들도 없었다. 바람이 불어치고, 떠들썩하고, 비린내 나며, 큰소리로 외쳐대는, 길이 비좁은 마을이었다. 홍합이나 삿갓조개 빛깔이 나는, 회색 벽에 서로 다닥다닥 붙어 있

---

*정복자 윌리엄(잉글랜드의 왕 윌리엄 1세, 1028경~1087)을 말한다. 노르망디 공작으로 프랑스 군대와 함께 영국을 침략하여 1066년에 해럴드 왕을 격퇴했다.
**lintel. 문틀·창틀의 일부로 문·창문을 가로지르게 되어 있는 가로대.

는 거칠거칠한 조개류 다발 같았다.

우리 집 탈란드 하우스는 마을 바로 너머인 언덕 위에 있었다. 대서부철도회사가 누구를 위해 집을 지었는지 나는 모른다. 1840년대나 1850년대에 지어진 게 틀림없다. 네모난 집으로 꼭 어린아이가 그린 것처럼 평평한 지붕만 돋보이는 데다, 지붕에는 십자형의 난간이 빙 둘러져 있어서 더더욱 아이가 그린 것 같았다. 집은 내리막길로 이어지는 정원에 세워져 있었으며, 정원 자체가 여러 개의 정원으로 나뉘어 져 있었고 두터운 에스칼로니아 잎사귀들로 둘러싸여 있었다. 빽빽한 잎사귀들에선 아주 감미로운 향기가 났다. 집은 여러 귀퉁이들로 쪼개어져 있었으며 잔디밭들로 둘러싸여 있었는데, 잔디밭들은 제각기 이름을 갖고 있었다. 커피 정원이 있었고, 샘도 있었다. 나무관을 통해 커다란 돌대야로 샘물이 똑똑 떨어졌으며, 사시사철 푸르른 습지식물들에 에워싸여 있었다. 크리켓 놀이를 할 수 있는 잔디밭도 있었고, 자주색 클레머티스 덩굴들이 자라는 온실 밑에는 '러브 코너Love Corner'가 있었는데 그곳에서 레오 맥시는 키티 러싱턴*에게 청혼했다.(나는 패디가 아들에게 이야기하는 것을 들었다고 생각했는데, 토비**가 말하기를 청혼을 엿들은 것이라 했다.) 또 부엌 정원이 있었고, 딸기밭이 있었으며, 윌리 피셔***가 고무줄을 작동시켜 노를 젓게 만든 조그만 배가 떠다니는 연못이 있었고, 커다란 나무가 있었다. 이처럼 서로 다른 모든 것들이 2500~3700평을 넘지 않는 정원 하나에 조각조각 나뉘어져 있었다. 누군가 커다란 나무문으로 들어오면 귀에 익은 소리 중 하나인 빗장이 삐걱거리는 소리가 났으며, 마차를 타고 올라가는 길 가파른 언덕 아래에는 사철채송화의 두껍고 부드러운 잎들이 흐드러져 있었다. 그런 뒤 팜파스 그래스 숲**** 사이로 망루가 나타났다. 망루는 풀로 뒤덮인 언덕으로, 정원의 높다란 담장 너머로 튀어나와

*1890년 줄리아 스티븐은 탈란드 하우스에 오랜 친구인 러싱턴 가족을 초대했는데 이때 키티 러싱턴Kitty Lushington도 가족과 함께 왔으며, 레오 맥시 Leopold Maxse 역시 초대한다. 레오의 청혼 사건은 여덟 살이었던 울프에게 잊을 수 없는 기억을 남겼다. 언론인인 레오는 나중에 반유대주의 잡지인 「내셔널리뷰」지의 편집장이 되었고, 키티 러싱턴은 나중에 『댈러웨이 부인』의 클라리사의 모델이 되었다.
**토비 스티븐(Thoby Stephen, 1880~1906)은 두 스티븐 형제 중 형으로, "고트Goth"라는 별명으로 불렸다. 학문적으로 전도양양했으나 그리스에서 휴가를 보내던 스물여섯의 나이에 장티푸스에 걸려 얼마 가지 않아 죽었다.
***Willy Fisher(1826~1903). 울프의 사촌으로 역사학자이다.
****남미 초원 지대가 원산인, 갈대 비슷한 풀. 흔히 정원에 관상용으로 기른다.

있었다. 우리는 신호가 떨어지는 것을 보려고 그곳에 종종 서 있었다. 신호가 떨어지면 역에서는 기차를 맞이할 준비를 하기 시작했다. 로웰 씨, 깁스 씨, 스틸만 가족, 러싱턴 가족, 시먼스 가족들을 데려다준 기차였다. 그러나 친구를 맞이하는 것은 어른들의 몫이었다. 우리는 우리 집에 머무를 친구가 한 명도 없었다. 우리도 친구들을 원하지 않았다. "우리 넷"으로도 더할 나위 없이 충분했다. 한번은 웨스트레이크 부인이 우리와 같이 놀라며 웰시라는 아이를 데려왔는데 나는 "정원 주위에서 그녀를 휙 지나쳤다." 나는 내 앞에서 낙엽이 팔랑이듯 그녀를 휘리릭 지나간 것을 기억한다.

　망루에 올라서면 만 너머로 탁 트인 전경이 펼쳐졌다.(시먼스 씨는 만이 나폴리만을 떠올리게 한다고 말했다.) 그것은 커다란 만이었고, 여러 갈래로 굽이져 있었으며, 가늘고 기다란 모래밭으로 에워싸여 있었고, 뒤에는 녹사綠砂 언덕이 있었다. 그리고 검은 두 돌무더기 방파제 사이로 물결이 굽이치며 흘러들어오거나 흘러나가고 있었으며, 한 돌무더기 끝에는 흰색과 검은색의 등대가 있었다. 또 다른 돌무더기 끝으로는 헤일강이 모래밭을 가로지르며 푸른 결을 만들어 놓았고, 늘 갈매기가 앉아 있는 말뚝들은 헤일항구로 들어오는 수로를 표시했다. 이 거대하게 흐르는 물항아리의 빛깔은 늘 바뀌었다. 시퍼런 군청색이었다가 에메랄드처럼 선명한 진녹색이었다가 새빨갰다가 폭풍우가 휘몰아칠 듯 허연 잿빛이 최고조에 달하기도 했다. 만을 가로지르며 무수히 많은 배들이 드나들고 있었다. 대개 보통은 굴뚝 주위에 빨간색이나 흰색 띠를 두른 채 석탄을 실으러 카디프로 가는 헤인즈 증기선이었다. 날씨가 험악한 날에는 잠에서 깨면 만에 온통 배들이 가득 들어차 있는 것을 이따금 볼 수 있었는데, 간밤에 대피하려고 들어온 배들이었다. 주로 가운데가 움푹 들어간 작은 부정기不定期 화물선이었다. 그러나 때로는 대형 선박이 정박하기도 했다. 어떤 때는 전함도, 또 어떤 때는 대형 범선도, 또 어떤 때는 멋진 하얀 요트도 있었다. 매일 아침 투박한 소형 돛배들이 깊은 바다로 고기를 잡으러 나갔으며, 밤에는 등불들이 아래위로 춤을 추는 고등어잡이 배들이 있었다. 고등어잡이 배들은 곶을 빙 둘러 돌아오면서 홀연히 돛을 내렸다. 우리는 망루 위에서 그 모습을 지켜보며 어머니와 함께 서 있었다.

매년 9월 첫 주쯤에 우리는 "정어리 배들이 나온다!"고 외쳤다. 거기 해안에 정어리 배들은 돛을 내렸고, 그해 말 내내 그곳에 줄지어 있었다. 말들이 그 배들을 해안으로 끌어오려고 기를 쓰고 있었다. 배들은 바닷가 가까이에 정박되어 있었는데, 마치 기다란 검정 구두처럼 보였다. 각 배들의 한쪽 끄트머리에는 파수꾼을 위한 덮개가 있었고, 다른 한쪽 끄트머리에는 지인망이라 부르는 어마어마한 그물 뭉치가 있었기 때문이다. 정어리 배들에 타르를 칠하는 것은 정기적인 작업이었기에 해안에서는 늘 미세하게 타르 냄새가 풍겼다. 배들은 해안에서 몇 주고 계속해서 정박해 있었고, 우리가 10월에 떠날 때에도 그 자리에 그대로 있었다. 카비스만의 흰색 대피소에서 망원경을 들고 앉아 있는 어로감시인*이 물고기 떼를 찾아내기를 기다리고 있던 것이다. 그는 그곳에 앉아서 보랏빛으로 얼룩진 정어리들이 만으로 들어

---

*huer. 영국의 어업 관습에서 huer 또는 bulker, 또는 conder라고도 불리는 일종의 '어로감시인'은 바다 해안 근처의 높은 곳에 서서 청어나 정어리 떼가 지나가는 길을 보며 어부들에게 신호를 보냈다. 그들은 높은 절벽에 서 있었기 때문에 배에 탄 사람들보다 물고기들이 바닷속에서 일으키는 푸른색 물결을 더 잘 분별할 수 있었다.

오는지 살피고 있었는데, 곁에는 커다란 뿔나팔 같은 것이 있었다. 해가 바뀌어도 배들은 만에 정박해 있었다. 지인망들은 한번도 던져지지 않았다. 어부들은 (아마도) 뉴린*에서 증기 저인망 어선들이 정어리 떼들을 휘저어놓아 바다로 내몰았을 거라고 투덜거렸다. 그런데 한번은 공부하고 앉아 있을 때 어로감시인이 외치는 소리를 들었다. 길고 높고 맑은 나팔소리였다. 그러자 어부들이 배를 저어나갔다. 우리는 공부를 중단했다. 지인망들이 던져졌다. 검은 그물이 쳐진 바다 위로 낚시찌들이 둥글게 원을 그리며 여기저기 떠 있었다. 그러나 정어리 떼들은 그때 만을 지나가 버렸고, 지인망들이 다시 쳐졌다.(정어리 떼들이 온 것은 우리 넷이 카비스만에서 묵고 있을 때인 1905년이었다. 우리는 아침 일찍 배를 저어나갔다. 바닷물이 솟구치고 내뿜으며 은빛으로 들끓었다. 옆 배에 탄 낯선 사람이 우리 배 안으로 그 부글부글 거품이 이는 덩어리들을 한 무더기 퍼넣었다. "아침식사로 싱싱한 생선 어때?" 그가 말했다. 모두가 신나서 환성을 질렀다. 모든 배들이 짓누르는 물고기 무게로 인해 흘수

*콘월 남서쪽에 있는 어촌 마을.

선*에 이를 정도였다. 그런 뒤 우리는 항구에 내려가서 물고기들을 포장하는 것을 보았다. 나는 그 광경에 대한 글을 써서 어떤 신문에 보냈는데 거절당했다. 그러나 토비는 네사[울프의 언니인 바네사]에게 내가 좀 천재 같다는 말을 했다고, 네사가 내게 말했다.) 세인트 아이브스에 있었던 매해 정어리 떼들이 만으로 들어온 것은 아니었다. 정어리잡이 배들은 그곳에서 기다리며 정박해 있었고, 우리는 헤엄쳐 나가 배 귀퉁이에 매달린 채, 갈색 방수포 천막에 누워 망을 보는 노인을 보았다. 정어리 떼들을 기다리고 있는 배들을 보면서 아버지는 식사 중에 (말 그대로) 흥, 쳇, 하고 코웃음을 쳤다. 아버지는 어부들의 빈곤에 대해 묘한 동정심을 품고 있었으며, 마치 알프스산맥의 등반안내인들을 존경하듯 어부들을 존경했다. 그리고 어머니도 당연히 어부들의 집을 드나들며 친해지게 되었고, 스텔라[울프의 이복언니]가 어머니의 묘비명에 새기고 싶어 했듯 "선을 행하기" 시작했다. 어머니는 가난한 어부들의 집을 방문하고 도움을 주었으며 돌봄단체를 꾸렸다. 어머니가 돌아가신 뒤, 그 단체는 '줄리아 프린셉 스

*배가 물 위에 떠 있을 때 배와 수면이 접하는, 경계가 되는 선.

티븐 돌봄단체'*가 되었다. 메러디스**와 시먼스 가족, 스틸만 가족이 그 단체에 기여했으며, 카 아널드-포스터***는 내게 얼마 전까지도 그 단체가 여전히 존속하고 있다고 말했다.

해마다 8월이 되면 만에서는 레가타****가 열렸다. 우리는 돛대마다 작은 깃발이 매달린 배들이 줄지어 늘어선 사이로 심사위원들의 배가 자리 잡는 모습을 지켜보았다. 세인트 아이브스의 저명인사들이 그 배에 올라탔다. 악단이 음악을 연주했다. 바람결에 실려 오는 음악 소리가 바다를 타고 왔다. 작은 배들이 모두 항구에서 나왔다. 그런 다음 총성이 울리고 경주가 시작되었다. 소형 돛배들, 유람선들, 노를 젓는 배들이 일제히 출발했으며, 만 주변에 깃발로 표시해 놓

*레슬리 스티븐에 따르면, 줄리아의 "솔직하고 다정한 성격은 가난한 사람들 사이에 친구를 여럿 두게 했다"고 한다. 이 돌봄단체는 줄리아가 죽은 뒤 그녀의 선행을 기억하기 위해 지인들이 세인트 아이브스에 만들었다.
**George Meredith(1828~1909). 영국의 시인 · 소설가로, 울프의 어머니인 줄리아는 어린 시절부터 그녀를 만났다.
***Ka Arnold-Forster(1887~1934). 영국인 시인 예이츠가 "영국에서 가장 멋진 남자"라고 불렀던 영국의 전쟁 시인 루퍼트 브룩Rupert Brooke과 한 격정적인 연애로 유명한 캐서린 레이드 콕스Katherine Laird Cox를 말한다. 후에 캐서린은 작가이자 노동당 정치인인 윌리엄 에드워드 아널드-포스터William Edward Arnold-Forster와 결혼했다.
****Regatta. 배 경주. 과거 이탈리아에서 곤돌라 레이스를 '레가타'라고 한 것에서 유래한 말.

은 여러 코스를 돌면서 경주했다. 배들이 경주하는 동안 수영선수들은 레가타 배에 일렬로 늘어서서 경주를 준비했다. 총성이 울리면 수영선수들은 바다에 뛰어들었다. 그러면 우리는 조그만 머리들이 위아래로 움직이며 팔을 획획 내젓는 모습을 볼 수 있었고, 한 선수가 또 다른 선수를 따라잡을 때 사람들이 외치는 소리를 들을 수 있었다. 어느 해인가는 매력적인 곱슬머리 젊은 우체부가(나는 그가 편지들을 넣고 다녔던 갈색 리넨 가방을 기억한다) 이길 뻔했다. 그러나 그는 나중에 에이미에게 "다른 녀석이 이기라고 내버려 뒀어. 그 녀석의 마지막 기회였거든"이라고 설명했다.

깃발들이 휘날리고, 총성이 울리고, 배가 항해하고, 수영선수가 뛰어들거나 배 위로 다시 끌어올려지는 광경들은 무척이나 흥겨웠다. 세인트 아이브스의 사람들은 그 광경을 보려고 말라코프Malakoff에 모여들었다. 테라스 끝이 팔각형으로 된 말라코프는 아마도 크림전쟁 중에 지어졌을 것으로, 그 마을에서 시도한 유일한 장식시설이었다. 세인트 아이브스에는 오락시설이 갖춰진 부두도 없었고, 거리행진도 없었다. 오로지 이 모난 자갈투성이의 자갈밭만 있었는데, 일선에서 물러난 어부들은 저지로 만든 푸른색 옷을 입고 그 위에 놓인 몇 개의 돌의자에 앉아 담배를 피우며 잡담을 나눴다. "레가타 데이"는 저 멀리서 들려오는 음악소리와 작은 깃발들의 행렬, 항해하는 배들, 마치 프랑스 그림에서처럼 모래밭 위에 점점이 찍힌 사람들과 함께 내 마음속에 남아 있다.

그 당시 세인트 아이브스에는 우리들과 어쩌다 떠도는 화가들을 제외하고는 여름철 관광객이 없었다. 그곳의 풍습은 그곳만의 고유한 풍습이었고, 그곳의 축제도 그곳만의 고유한 축제였다. 거기에 8월의 레가타가 있었다. 대략 12년마다 한 번씩* 일흔이 넘은 나이든 남자들과 여자들이—빈 터에 화강암으로 지어진 첨탑인—닐 기념비** 주변에서 춤을 추었으며, 가장 오랫동안 춤을 추는 커플에게는 테두리가 긴 모피로 장식되어 있는 망토를 두른 시장이—당시에는 니콜스 의사***였는데—1실링인가 반 크라운[2.5실링]인가를 시

---

*울프의 기억과 달리 이 축제는 12년마다가 아니라 5년마다 열린다.
**Knills Monument. 콘월의 캘링턴에서 태어난 존 닐(1733~1811)은 약간 괴팍한 세인트 아이브스 시장이었다. 그는 "닐의 첨탑"으로 알려진 15미터 높이의 화강암 오벨리스크를 직접 지었다.
***의사이면서 시장을 지내기도 했던 John Michael Nicholls(1892~1893)를 말한다.

상했다. 세인트 아이브스에는 현재에도 유용한 과거의 유물
이 있었는데, 관청의 포고 사항을 알리고 다니는 마을의 관
원이 그것으로, 찰리 피어스가 그 유물인 관원이었다. 이따
금 그는 해안도로를 따라 걸으면서 머핀 장수가 흔드는 방
울을 흔들며 "들으시오, 들으시오, 들으시오"라고 외쳤다. 그
가 뭐라고 계속 외쳐댔는지 나는 잘 모르겠다. 단 한 차례만
제외하고는 말이다. 한 방문객이 탈란드 하우스에서 브로치
를 잃어버렸을 때 그녀는 찰리 피어스에게 그 사실을 외치
게 했다. 그는 눈이 완전히 멀었거나 아니면 거의 멀었었다.
길고 야윈 얼굴에 마치 삶은 생선 눈깔처럼 두 눈동자는 회
색이었으며, 닳아빠진 중절모자를 쓰고 비쩍 마른 몸에 프
록코트*를 단단히 여미고 다녔으며, 종을 흔들며 걸어갈 때
좌우로 기이하게 발을 질질 끌면서 "들으시오, 들으시오, 들
으시오"라고 외쳤다. 마을의 많은 인물들을, 그중에서도 특
히 마을 사람들 사이에 친구들이 많았던 하인인 소피를 통
해 알았듯, 그에 대해서도 소피를 통해 알았다. 우리는 부엌
문까지 짐꾸러미들을 갖고 오는 상인들을 모두 알았다. 커

*과거 남자들이 입던 긴 코트.

다란 바구니에 세탁물을 담아 오는 앨리스 커누, 또 양동이에 물고기를 담아 오는 여자어부 애덤스 부인도 있었다. 애덤스 부인은 여전히 시퍼렇게 살아있는 바닷가재들을 갖고 왔는데, 양동이 속에서 발을 이리저리 더듬거렸다. 바닷가재는 조리대에 놓여졌고, 커다란 집게발은 벌어지고 다물어지며 부수어졌다. 식료품 저장실에서 미끼에 걸려 꿈틀거리는 길고 살집이 두툼한 물고기를 제럴드가 빗자루 손잡이로 때려죽인 사실도 기억해낼 수 있지 않은가?

야간 놀이방 바로 밑에 있는 부엌은 '소피의 부엌'이었다. '하이드파크게이트 뉴스'*에서 우리가 "부엌의 거주자들"이라 부른 모든 다른 이들을 그녀가 지배하고 있었기 때문이다. 저녁 정찬이 열리는 날이면 우리는 바구니에 줄을 달아 내려 부엌 창문에서 달랑거리게 했다. 그녀가 기분이 좋을 때면 바구니는 안으로 끌어 당겨져 어른들의 저녁 식사에서 뭔가를 좀 담아 흔들며 다시 밀어냈다. "성질이 나 있는 날"이면 그녀는 바구니를 홱 잡아당겨 줄을 끊어버렸기에 우

*Hyde Park Gate News. 스티븐 가족의 아이들, 즉 울프와 바네사, 토비가 쓰고, 편집하고, 만들어낸 가족 신문. 가족의 런던 집은 하이드파크게이트 22번지였다.

리에게는 대롱대롱거리는 줄만 남겨졌다. 나는 묵직한 바구니의 느낌과 가벼운 줄의 느낌을 기억할 수 있다.

　매일 오후에 우리는 "산책하러 나갔다." 나중에 이 산책길은 고행길이 되었다. 아버지가 산책하러 갈 때는 반드시 우리들 중 한 명이 같이 가야 한다고 어머니는 주장했다. 아버지의 건강과 즐거움에 지나치게 집착했던 어머니는 지금 생각해보면 아버지에게 아주 기꺼이 너무 많은 것을 희생했다. 그리하여 어머니는 우리에게 아버지의 의존성을 유산으로 남겼는데, 이는 어머니의 죽음 이후 몹시도 가혹한 부담이 되었다. 어머니가 아버지를 혼자 힘으로 살아가도록 내버려 두었다면 우리 관계는 더 좋았(었)을 것이다. 그러나 여러 해 동안 어머니는 아버지의 건강을 맹목적으로 숭배했다. 그래서 어머니는—기대에 어긋나는 영향을 우리에게 남겨놓은 채—스스로 지쳐갔고 마흔아홉에 돌아가셨다. 한편 아버지는 계속해서 살아계셨고, 매우 건강했기에 일흔두 살의 나이에 암으로 죽는 것도 참으로 힘겹다는 사실을 깨달아야 했다.* 그러나 내가 아직도 오래된 불평을 터뜨리면서 이러한 여담들을 들먹이고 있긴 하지만, 세인트 아이브스는 늘 우리들에게 바로 이 순간에도 눈에 선한 "순수한 기쁨"을 주었다. 느릅나무의 레몬빛깔 잎사귀들, 과수원의 사과들, 나뭇잎들의 살랑거림과 바스락거림은 여기서 잠시 나를 멈추게 하고, 인간의 힘 이외의 것들이 우리들에게 늘 얼마나 더 많이 작용하는지에 대해 생각하게 한다. 이 글을 쓰는 동안에도 빛은 타오르고, 사과는 싱싱한 녹색 빛깔을 띠며, 나는 온몸으로 반응한다. 하지만 어떻게? 창문 아래에서 작은 부엉이 한 마리가 부엉부엉 운다. 다시, 나는 반응한다. 상징적으로, 나는 내가 의미하는 바를 어떤 이미지로 짤막하게 묘사할 수 있다. 나는 감각 위에 떠다니는 다공성 혈관이며, 눈에 보이지 않는 광선에 노출된 감광판感光板이며, 등등이다. 또는 제3의 목소리에 대한 막연한 생각을 갖고 말을 더듬거리거나, 레너드에게 말하거나, 레너드가 내게 말하거나, 우리 둘 다 제3의 목소리를 듣는다. 아침나절 내내 내가 의미하는 바를 분석하고 말하고자 하는 바를 진실로 의미했는지 여부를 알아내려고 애쓰는 대신, 나 자신을 볼 때

*울프의 아버지는 72세이던 1904년에 죽었다. 아버지의 죽음에 크게 상심한 나머지 고모인 캐롤라인이 울프를 돌봐줘야 했다. 1922년 울프는 『등대로』에서 램지 씨와 램지 부인으로 부모를 형상화한다.

나의 항해에서 이러한 목소리들이 살아 숨 쉬어 일상생활에서 돛이 이리저리 바람을 받으며 나아가도록 진실을 말하거나 진실을 이루는지를 알아내려고 애쓰는 대신, 오직 이러한 영향의 존재만을 주목하며, 그 영향이 굉장히 중요한 것일지도 모른다고 짐작하며, 타인들에게 그 영향력을 확인하는 법을 찾을 길 없어 한다. 루이는 어떻게 느낄까? 퍼시는? 어젯밤 소이탄燒夷彈이 언덕배기를 절멸시키는 것*을 지켜보았던 사람들 중에서 누가 이걸 읽었을 때 내가 의미하는 바를 이해할 수 있을까? 나는 언젠가 이것을 좀 더 생각해봐야겠다는 마음으로 여기에 표시를 해두고 다시 표면으로 돌아간다. 세인트 아이브스이다.

일요일마다 하는 규칙적인 산책은 아버지가 트렌 크롬 Tren Crom이라고 즐겨 불렀던 트릭 로빈Trick Robin 언덕배기로 가는 것이었다. 꼭대기에서는 두 개의 바다를 볼 수 있었는데, 한쪽에는 성 미카엘 산**이, 다른 쪽에는 등대가 있었

*이 글은 제2차 세계대전 중, 독일 폭격기가 런던의 대부분을 겨냥했을 때 쓰여졌다.
**영국 본토에서 걸어 갈 수 있는 갯벌섬 중 하나로, 12세기 때 지은 수도원 건물이 꼭대기에 있다.

다. 콘월의 모든 언덕배기들과 마찬가지로 트럭 로빈에는 화강암 덩어리들이 흩어져 있었다. 그것들 중 일부는 오래된 무덤과 제단이라고들 말하는데, 어떤 것들에는 문설주용으로 만든 것처럼 구멍들이 뚫려 있었다. 다른 것들에는 돌들이 쌓아 올려져 있었다. 로건 바위*는 트렌 크롬 꼭대기에 있었는데, 우리는 그 바위를 살살 흔들어보곤 했다. 이끼가 긴 거친 표면의 움푹 들어간 곳은 제물의 피를 받치는 곳일 거라는 말도 들려왔다. 그러나 진리를 숭상하는 아버지는 그러한 말들을 믿지 않았으며, 자신이 생각하기에 이것은 진짜 로건 바위가 아니라 평범한 바위들이 자연적으로 배치된 것이라고 했다. 좁다란 오솔길을 따라가면 언덕배기에 이르렀는데, 그 사이로 야생화들이 피어 있었다. 우리는 감미롭고 그윽한 향기를 풍기며 노랗게 타오르는 가시금작화 덤불에 무릎을 찔렸다. 또 다른 산책, 그러니까 아이들을 위한 짧은 산책은 우리가 "요정의 나라"라고 부른 외딴 숲으로 가는 것으로, 널따란 성벽이 에워싸고 있었다. 우리는 성벽 위에서 걸으며, 오크나무 숲과 우리 머리보다 더 높이 자란

*Loggan rock. 일명 '흔들바위'.

거대한 양치식물들을 내려다보았다. 오크나무 열매들*에선 향기가 났으며, 어둡고 축축하고 고요하고 신비로웠다. 보다 길고 모험심 넘치는 산책은 헤일즈타운 늪으로 가는 것이었다. 다시 아버지가 바로잡아 주었다. 우리는 그곳을 헬스톤 늪이라고 불렀는데 진짜 이름은 헤일즈타운이라는 것이었다. 그 늪지대 속을 우리는 이리저리 휙휙 뛰어다녔으며, 늪은 질벅거렸고, 우리는 갈색의 늪지 물속에 무릎까지 빠졌다. 그곳에 고비가 자랐으며, 희귀한 공작고사리도 자랐다. 이러한 산책보다 더 좋은 것은 2주에 한 번꼴로 특히 큰 기쁨을 주는 오후의 뱃놀이였다. 우리는 소형 돛배를 빌렸고 어부도 우리와 함께 탔다. 그러다 한번은 집으로 오는 길에 토비가 키를 잡는 게 허용되었다. "얘야, 네가 몰 수 있다는 것을 보여주려무나." 토비에 대한 평소의 신뢰와 자부심을 갖고 아버지가 말했다. 그리곤 토비가 어부의 자리에 앉아 키를 잡았다. 얼굴은 상기되었고, 푸른 두 눈은 그야말로 새파래졌으며, 입은 굳게 다물어졌다. 토비는 거기 앉아 돛에 깃

*oak apple. 여러 오크나무 종류에서 흔히 발견되는 크고 둥글며 사과처럼 생긴 열매.

발도 올리지 않은 채 뾰족하게 나온 갑▥을 돌아 우리를 항구로 데려다주었다. 어느 날엔가 바다는 연한 빛깔의 해파리들로 가득 찼는데, 꼭 램프 같았으며, 치렁치렁 늘어지는 털을 갖고 있었으나 건드리면 침을 쏘았다. 이따금 우리에게 낚시어구들이 건네지곤 했다. 물고기에서 잘라낸 살점이 미끼로 달려 있었는데, 배가 흔들리며 물길을 헤쳐 나갈 때면 낚싯줄을 쥔 손가락은 짜릿짜릿했으며, 그런 다음에는—그 흥분을 어떻게 전할 수 있을까?—살짝 파닥파닥거리며 세게 끌어당기는 느낌이 전해졌다. 또다시 힘껏 끌어당기는 느낌이 전해지고, 낚싯줄을 감아올렸다. 마침내 물길을 뚫고 펄떡거리는 은백색 물고기를 건져 올리면 물고기는 바닥에 철퍼덕 내던져졌다. 소량의 물속에서 물고기는 이리저리 펄떡거리며 누워 있었다.

한번은 우리가 어정거리며 바람의 방향에 맞춰 침로를 바꾼 뒤, 성대들과 작은 가자미들을 연달아 건져 올렸을 때 아버지는 내게 이렇게 말씀하셨다. "다음번에 네가 낚시하러 올 땐 난 오지 않을 거란다. 물고기를 잡는 걸 보고 싶지 않구나. 하지만 너만 좋다면 넌 낚시하러 와도 된다." 완벽한

교훈이었다. 그것은 힐책도 아니었고, 금지도 아니었다. 그저 당신의 감정을 말한 것뿐이고, 나는 그 말에 대해 생각하고 스스로 결정을 내리면 될 뿐이었다. 손맛의 짜릿함과 챔질에 대한 나의 열정이 아마 그 당시 내가 알았던 열정 중에서 가장 강렬했을지라도, 아버지의 그 말은 서서히 그러한 열정을 사그라들게 했다. 어떠한 원한도 없이, 나는 물고기를 잡고 싶다는 마음을 접었다. 그러나 나 자신이 가졌던 열정을 기억하기에 나는 여전히 사냥에 대한 열정이 어떤 마음인지를 그려낼 수 있다. 그것은 매우 귀중한 씨앗 중 하나로, 우리가 살면서 모든 경험을 충실히 겪는 것은 불가능하기에 타인의 경험들을 대변하는 것들로부터 우리는 성장할 수 있다. 종종 우리는 씨앗으로 만족해야 할 때도 있다. 발아가 가져왔을지도 모르는 것에 따라 우리의 삶은 달라졌을 것이다. 따라서 나는 '낚시'를 순간적으로 일별하는 다른 것들과 함께 분류한다. 예를 들면, 런던의 거리를 거닐 때 지하층들에 눈길을 던지는 것과 마찬가지로 본다는 것이다.

오크나무 열매들, 이파리 뒷면에 포자가 무리 지어 있는 양치식물들, 레가타, 찰리 피어스, 정원 문이 덜컥거리는 소리, 따뜻한 현관 계단에 득실거리는 개미들, 압정들을 사던 일, 뱃놀이, 헤일즈타운 늪에서 나던 냄새, 트레베일의 농가에서 반을 가른 빵에 콘월크림을 발라 홍차와 함께 먹던 일, 공부할 때 밑바닥까지도 빛깔을 바꾸던 바다, 벌집처럼 생긴 의자에 앉아 있던 늙은 볼첸홈 씨, 잔디밭 위에 점점이 흩뿌려진 느릅나무 잎사귀들, 이른 아침 집 위로 날아가면서 까악까악 울던 떼까마귀들, 잿빛 뒷면을 드러내던 에스칼로니아 잎사귀들, 헤일에서 화약고가 터지면서 오렌지 씨처럼 공중에 활 모양을 그리던 일, 여기저기 잔뜩 떠 있는 부표. 이런 것들이 어떤 이유에선지 내 마음속에서 세인트 아이브스를 생각할 때 가장 먼저 떠오르는 것들이다. 일관성 없이 부조화스럽게 잡다한 일런의 것들, 드리워진 그물을 표시하는 조그만 코르크 부표들이다.

그리고 그 그물을 해안으로 끌어내기 위해 내용물들을 분류하지도 않은 채, 끝이란 게 없는 곳에서 끝낸답시고 나는 다음과 같이 덧붙인다. 어머니가 돌아가시기 전 2~3년 동안(즉, 1892년에서 1893년, 1894년)에 어른들이 세인트 아이브스를 떠나는 것에 대해 말하는 불길한 암시들이 놀이

방에 들려왔다. 거리가 단점이 되었으며, 그때쯤 조지와 제럴드는 런던에서 일을 하고 있었다. 비용, 토비의 학교, 애드리언의 학교는 더욱 시급한 문제가 되었다. 그러다 우리가 7월에 내려갔을 때 망루 바로 맞은편에 오트밀 색상의 커다란 사각형 호텔이 보였다. 어머니는 과장된 몸짓을 해가며 경치를 망쳐놓았다고, 세인트 아이브스가 망가질 게 뻔하다고 말했다. 이러한 온갖 이유들로 인해, 10월 어느 날 우리 정원에 집을 세놓는다는 팻말이 세워졌다. 집을 다시 칠할 필요가 있었으므로, 나는 페인트통에서 "세 놓습니다" 중 몇 글자를 채워도 된다는 허락을 받았다. 칠하는 즐거움이 떠나는 두려움과 뒤섞였다. 그러나 한두 해 여름이 지나가도 세입자는 나타나지 않았다. 위험은, 우리가 바랐던 대로, 피했다. 그러고 나서 1895년 봄 어머니가 돌아가셨다. 아버지는 그 즉시 세인트 아이브스를 다시는 보지 않겠다고 마음먹었다. 그리고 한 달 후인가, 제럴드가 홀로 내려갔고, 밀리도우라는 어떤 사람에게 임대와 관련된 문제를 처리했으며, 세인트 아이브스는 영원히 사라졌다.

나는 속물인가?

이 에세이는 울프가 1936년, 이른바 '의식의 흐름' 실험의 근본정신에 흥미롭게 근접해 쓴 글로, 사후에 『존재의 순간』(1972)에 수록되었다. 다음 쪽의 각주에도 나오지만, '회고록클럽'은 특정 청중을 위해 쓰여진, 소리 내어 낭독하기 위한 글이었다. 울프는 이 글에서 자신이 속물인지 아닌지 궁금해하며 삶에서 다른 사람과 자신을 비교함으로써 해답을 내린다. 그중 일부는 클럽의 회원이기도 했다. 어떤 면에서 이 글은 문학적 성공을 거둔 뒤의 울프에 대해 통찰할 수 있는 가장 좋은 작품이기도 하다.

내 생각에 몰리*는 매우 불공평하게도 오늘 밤 내게 회고록을 준비하도록 하는 부담을 안겼다. 우리 모두는 그녀의 교묘하고도 치명적인 매력 때문에 당연히 그녀의 모든 것을 너그러이 봐준다. 하지만 이것은 불공평하다. 나의 차례도 아니거니와 나는 여러분 중에서 최고 연장자도 아니다. 나는 제일 폭넓은 삶을 산 사람도, 가장 풍성한 추억을 가진 사람도 아니다. 메이너드와 데스몬드, 클라이브, 레너드 모두

---

*울프는 작가로서의 명성이 절정이던 시기에 이 글을 썼고 1936년 12월 1일에 '회고록클럽Memoir Club'에 이 글을 남겼다. 여기서 언급된 '몰리'는 작가이자 블룸즈버리그룹의 창립 멤버인 몰리 매카시Molly MacCarthy다. 몰리의 남편인 데스몬드(다음에 나옴)와 버지니아와 레너드 울프 부부, 소설가 E. M. 포스터, 경제학자 존 메이너드 케인즈 등이 참여한 작가·철학자·예술가 집단이다. 매카시는 지식인들의 비공식 모임을 설명하기 위해 '블룸즈버리(대영박물관 근처의 블룸즈버리에 살고 있었던 데서 가져옴)'라는 용어를 만들어냈다. 몰리는 '회고록클럽'도 만들었다.

가 활기차고 적극적인 삶을 살아가고 있다. 그들 모두가 끊임없이 위대한 이들에 맞서 지식을 갈고닦으며, 모두가 끊임없이 어떤 식으로든 역사의 추이에 영향을 미치고 있다. 보물 창고의 빗장을 열어 그 안에서 잠자고 있는 금빛 찬란한 보물들을 우리 앞에 내놓아야 할 사람들은 그들이다. 회고록을 낭독해달라는 요청을 받은 나는 누구인가? 그저 잡문가일 뿐이다. 한술 더 떠서, 꿈에서나 취미 삼아 끄적이는 사람일 뿐이다. 도대체 정체를 알 수 없는, 이도 저도 아닌 사람이다. 언제나 사사롭고, 기껏해야 청혼이나 이복형제들에게 받은 성적 유혹, 오톨린*과의 만남과 같은 이야기들로 채워질 나의 회고록은 곧 고갈되어 버릴 게 틀림없다. 이제 아무도 나에게 그들과 결혼할 거냐고 묻지 않는다. 몇 년 동안 아무도 나를 유혹하려 하지 않았기 때문이다. 수상들은 전혀 내 의견을 묻지 않는다. 나는 두 번 헨던**에 간 적이 있었지만, 그때마다 비행기가 공중으로 솟아오르는 것을 마다했

*Lady Ottoline Violet Anne(1873~1938). 블룸즈버리에 살았던 영국의 귀족이자 사교계의 주빈이었다. 그녀의 후원은 올더스 헉슬리, 시그프리드 서순, T. S. 엘리엇, D. H. 로렌스 및 여러 예술가들에게 영향을 미쳤다.
**Hendon. 런던의 교외 지역.

다. 내가 유럽의 수도 대부분을 방문한 것은 사실이지만, 프랑스어는 개처럼 구사할 수 있고, 이탈리아어는 잡종개처럼 구사할 수 있다. 하지만 나는 너무도 무식한 사람인 데다, 교육을 제대로 못 받았기 때문에, 여러분이 제일 간단한 질문을 던진다면—예를 들어 과테말라는 어디에 있는가?—나는 화제를 딴 데로 돌려야만 한다.

그런데도 몰리는 나에게 숙제를 냈다. 무엇에 대해 쓸 수 있을까? 그것은 내가 나 자신에게 물어보는 질문으로, 앉아서 곰곰이 생각해보니, 우리 같은 구닥다리들, 즉 무식하고 사사로운 삶을 사는 구닥다리들도 이러한 질문에 직면해야 할 때가 온 것 같다는 생각이 든다. 만약 '회고록클럽'이 모임을 계속 가진다면, 그리고 또 만약 회원 중 절반이 나처럼 아무런 일도 일어나지 않는 사람이라면, 우리의 회고록은 무엇에 관한 것이 될 수 있을까? 우리가 몰리의 엄명을 보다 자유롭게 해석해야만 할 때가 왔다고, 기억의 등불을 현실적인 삶의 모험과 흥분 위로 훑고 지나가는 대신 오히려 그 불빛을 내면으로 돌려 우리 자신에 대해 묘사해야 할 때가 왔다고 감히 제안해도 될까?

이 가시방석 같은 중요한 자리에 앉은 이래 모험이라 부를 만한 가치 있는 일이 내게 하나도 일어나지 않았는데도, 스스로 여전히 영원히 분출하는 화산처럼 지칠 줄 모르는 주제, 매혹적이면서도 불안한 주제인 것 같다고 말한다면 나 혼자만의 생각일 뿐인 걸까? 어스름하게 밝아오는 여명은 태비스톡 스퀘어 52번지*의 차양 사이로 한 모금도 스며들지 않지만, 늘 눈을 뜰 때마다 "세상에나! 내가 또 여기 있잖아!"라고—그것은 항상 기쁜 것만은 아니며, 종종 고통스럽기까지 하고, 때로는 격심한 혐오감으로 경련을 일으키기도 하지만—항상 흥미롭게 외친다고 말할 때, 나는 자기중심적인 독단에 빠져 있는 것일까?

그렇다면 나 자신이 이 숙제의 주제가 될지도 모르지만, 여기엔 여러 단점이 있다. 그 한 가지 주제만으로도 우리가 가진 머리카락만큼이나 방대한 양이 흘러넘칠 것이며, 그 머리카락은 여전히 자랄 수 있는 것으로 내가 마치기도 전에 발

*울프와 남편 레너드는 1924년부터 1939년까지 태비스톡 스퀘어 52번지에서 살았다. 그들은 그곳에서 호가스 프레스Hogarth Press 출판사를 운영하며 T. S. 엘리엇과 E. M. 포스터 등 뛰어난 작가의 작품들을 출간했고, 울프 소설의 대부분을 저술했다. 하지만 1939년에 근처의 많은 주택들이 폭격당하면서 집을 떠나야 했다. 그리고 결국 그 집은 2차대전 중에 파괴되었다.

가락을 간지럽힐 것이다. 나는 이 방대한 주제 중에서 조그마한 단편 하나를 잘라내야 하며, 그 세계의 조그만 귀퉁이를 짧게 한 번 힐끗 보아야 하는데, 그것은 여전히 내게는—어디 있는지도 모르는—과테말라 말로 쓰여진 것들만큼이나 사람의 발길이 닿지 않는 호랑이가 출몰하는 곳 같아 보인다. 그러므로 나는 단 하나의 측면만을 선택해야 하고, 단 하나의 질문만을 던져야 한다. 바로 이것이다. 나는 속물인가?

이 물음에 대답하려고 애쓰다 보면 아마 한두 가지 기억을 들춰내야 할 것이며, 어쩌면 여러분 자신의 어떤 기억들도 되살릴지 모른다. 어쨌든 나는 여러분에게 사실을 전하려 노력할 것이다. 물론 진실을 온전히 말하지는 않을 테지만, 그래도 여러분이 추측할 수 있을 정도로는 충분히 말할 것이다. 그러나 이 물음에 대답하기 위해서는 우선 이런 질문부터 시작해야 한다. 속물이란 무엇인가? 나는 분석적인 면에 있어서는 재주가 없기 때문에—교육을 등한시했으므로—나 자신을 판단할 만한 어떤 대상을 찾는 명백한 과정을 밟을 것이다. 그리고 그것을 가지고 나 자신과 비교할 것이다. 데스몬드*가 그 예다. 자연스럽게 나는 데스몬드를 가장 먼저 꼽는다. 그는 속물인가?

　　그는 속물이어야 마땅하다. 그는 이튼에서 교육을 받고 케임브리지로 진학했다. 우리 모두는 귀족계급을 숭배하는 즐거운 학문에 관한 판에 박힌 인용어구들을 알고 있다.** 그러나 이튼과 케임브리지가 그의 내면에 있는 속물근성을 북돋으려고 했을 때마다, 천성이 훨씬 더 많은 것을 했다. 천성은 즐거운 귀족계급이 학문에서 숭배하는 모든 선물을 그에게 주었다. 훌륭한 언변과 흠잡을 곳 없는 태도, 완전한 평정심, 연민과 뒤섞인 무한한 호기심이 그것이다. 그는 꼭 필요한 경우에는 말을 탄 채로 꿩을 쏠 수도 있다. 가난에 관해서 말하자면, 데스몬드는 자신의 옷차림에 대해 전혀 신경을 쓰지 않았으므로, 어느 누구도 그 문제를 조금이라도 생각해보지 않았을 것이다. 자, 그렇다면 여기서 필시 내 유형이 드러날 것이다. 내 경우와 그의 경우를 비교해 보이겠다.

---

*Lord Desmond MacCarthy(1877~1952). 몰리의 남편이자 유명한 드라마 평론가, 문학 편집인. 이 글을 썼을 당시 「뉴스테이츠먼」의 문학 편집인이었다.
**영국의 시인으로 웨일스 왕자의 개인교사였던 제임스 케네스 스티븐(1859~1892)이 쓴 유명한 시 '이튼칼리지에 부치는 노래'에 나오는 한 구절을 말한다. 이 시에서 그는 이튼칼리지를 '즐거운 학문이 여전히 귀족계급을 숭배하는 곳'이라고 읊고 있다.

내가 이 문제를 생각했을 때, 우리는 태비스톡 스퀘어에서 응접실 창가에 서 있었다. 데스몬드는 우리와 점심을 먹었고, 우리는 대화를 나누며 오후를 보냈는데, 갑자기 그가 어딘가에서 만찬이 있다는 사실을 기억해냈다. 그런데 어디서일까? "어디서 식사를 하기로 되어 있더라?" 그는 말하면서 수첩을 꺼냈다. 그가 뭔가에 잠시 정신이 팔렸을 때 나는 그의 어깨너머로 보았다. 잽싸게, 슬쩍, 약속을 대충 훑어보았다. 월요일, 8시 30분, 베스버러 부인. 화요일, 8시 30분, 앵카스터 부인. 수요일, 7시 정각, 도라 생어. 목요일, 10시, 솔즈베리 부인. 금요일, 울프 부부와 점심을 먹고 레블스토크 경*과 저녁 만찬. 흰색 조끼.** 흰색 조끼에는 밑줄이 두 번 그어져 있었다. 몇 년 뒤 나는 그 이유를 알았다. 그는 우리의 왕, 고인故人이 된 조지 왕을 만나기로 되어 있었다. 흠, 그는 약속을 훑어보더니 수첩을 덮고는 황급히 떠났다. 그는 귀족사회에 대해서 단 한마디도 꺼내지 않았다. 레블스토크

---

*John Baring(1863~1929). 레블스토크 2대 남작으로 1890년부터 죽을 때까지 베어링은행의 동업자였다.
**대영제국에서는 공식 석상이나 사업과 관련된 용무를 볼 때 전통적으로 흰색 조끼를 입었다.

와 관련된 대화를 일절 끄집어내지 않았으며, 흰색 조끼도 언급하지 않았다. "이런!" 그가 문을 닫았을 때 나는 극심한 괴로움에 시달리며 혼잣말을 했다. "데스몬드는, 아아 애석하게도, 속물이 아니야."

나는 다른 유형을 찾아야만 한다. 이제 메이너드*를 꼽아보겠다. 그 역시 이튼에 다녔고 케임브리지로 갔다. 그 후로 그는 수많은 중대사에 관여해 왔으므로 우리 코밑에서 약속을 줄줄 읽는다면 우리는 보관寶冠이 쨍그랑거리는 소리에 귀가 먹고 다이아몬드의 반짝임에 눈이 어질어질해질 것이다. 그런데 우리 귀가 먹게 되었는가? 우리 눈이 어질어질해졌던가? 애석하게도, 아아, 그렇지 않다. 아마도 내가 케임브리지의 막강한 권위에 지배당한 게 아닐까 하는 생각과, 나이가 들수록 메이너드의 내면에서 한층 강해지는 도덕적 감각에도 역시 지배당한 게 아닐까 하는 생각이 든다. 그 도덕적 감각은 우리 세대를 온전히 그대로 보존하고 젊은 세대를 어리석음으로부터 보호하기 위한 결연한 욕망으

---

*John Maynard Keynes(1883~1946). 블룸즈버리그룹의 구성원이자 20세기의 가장 영향력 있는 경제학자. 경기 침체와 불황의 악영향을 완화하기 위해 정부 세수(세금) 및 지출의 사용을 옹호했다.

로, 메이너드는 그러한 것을 절대 자랑삼는 법이 없다. 여러분에게 오늘 그가 수상과 점심을 먹었다는 정보를 전하는 사람은 바로 나이다. 가련한 우리의 친구 볼드윈*은 뺨에 눈물을 흘리면서 메이너드를 피트와 필**의 유명한 초상화 밑에서 서성거리게 했다. "케인스, 그렇게만 된다면 당신은 내각에 한 자리를 차지할 수 있을 거요." 그는 말을 이어갔다. "아니면, 케인스, 귀족 지위라도……." 이 이야기를 여러분에게 전하는 사람도 바로 나이다. 메이너드는 어떤 경우에도 그것을 언급하지 않았다. 돼지나 연극, 그림 등에 대해서는 그도 할 말이 많을 것이다. 그러나 수상들이나 귀족들에 대해서는 한사코 언급하지 않았다. 아아, 슬프고 슬프도다. 메이너드는 속물이 아니다. 나는 다시 좌절한다.

하지만 그래도 나는 한 가지를 발견해냈다. 속물근성의 본질이 다른 사람들에게 감명을 주고 싶어 한다는 데 있다

---

*Stanley Baldwin(1867~1947). 영국 보수당 정치인으로 1923년에서 1937년 사이 세 번 총리를 지냈다. 『정글북』의 작가인 J. 러디어드 키플링과 친척이었다.
**William Pitt the Younger(1759~1806)는 자유무역 경제정책을 시행한 최초의 영국 총리였다. Sir Robert Peel(1788~1850)은 나중에 영국의 총리가 되었는데, 내무부장관이었을 때 "경찰관Bobbies(Bobby는 Robert의 애칭이므로)"으로 알려지게 되는, 현대 경찰 개념을 창설하는 데 일조했다.

는 것이 그것이다. 속물은 새처럼 팔랑거리는 머리를 가진
토끼 대가리처럼 경망한 존재로, 자신의 지위에 거의 만족
하지 못하기 때문에 자신의 지위를 공고히 하기 위하여 다
른 사람들이 믿도록 사람들 앞에서 늘 명예나 칭호를 과시
하며, 자기 자신도 진짜로 믿지 않는 것을 믿도록 도와준다.
자기가 다소 중요한 인물이라는 것을 말이다.

이는 나 자신의 사례를 통해 알 수 있는 증상이다. 이 편
지를 보라. 왜 이 편지는 늘 내가 받은 다른 모든 편지들 위
에 있는가? 보관寶冠을 가지고 있기 때문이다. 만약 내가 보
관이 찍힌 편지를 한 통 받으면 그 편지는 불가사의하게도
맨 위에 놓여져 있다. 나는 종종 묻는다. 왜 그럴까? 나는 내
친구들 중 어느 누구도 내가 그들한테 일부러 감명을 주려
고 하는 것 때문에 감명을 받은 적도, 또 감명을 받을 일도
없다는 사실을 아주 잘 알고 있다. 그럼에도 나는 이 편지를
맨 위에 올려놓는다. 이것은 발진이나 반점처럼 내가 질병에
걸렸다는 것을 보여준다. 그러면 나는 계속해서 묻는다. 언
제 어떻게 그 병에 걸렸는가?

어렸을 때 나는 속물근성을 가질 기회가 여럿 있었다. 표

면적으로 지식인 가정으로서 학문적으로 보자면 대단한 귀족 태생이었지만, 유행의 세계에서는 변두리에서 맴돌고 있었기 때문이다. 우리에겐 처음에는 조지 덕워스*가 있었다. 그러나 조지 덕워스의 속물근성은 질감이 몹시 거칠고 쉽게 감지할 수 있는 것이라서 나는 멀리서도 그 냄새를 맡고 맛을 볼 수 있었다. 나는 그 냄새와 맛을 좋아하지 않았다. 나의 유혹은 좀 더 미묘한 방식으로 내게 손을 뻗쳤다. 원래는 키티 맥시**를 통해서였다고 생각하는데, 더없이 고상한 매력과 천상의 우아함을 지닌 여인으로 그녀가 소개한 위인들은 조금도 상스러움이 뿜겨져 나오거나 물들여지지 않았다. 누가 과연 배스의 후작부인***이나 그녀의 딸들인 캐서린 사인과 베아트리체 사인을 상스럽다고 말할 수 있겠는가? 상상도 할 수 없는 일이다. 아름다운 그들은 위엄이 있었으며, 남들에게 내세우기 추레한 옷을 입었으나 매무새가

*George Duckworth(1868~1934). 버지니아 울프의 이복오빠. 1725년 조지 1세가 설립한 영국기사단의 배스 훈장을 1919년에 받았다.
**Katherine "Kitty" Maxse(1867~1922). 울프의 이복언니인 스텔라 덕워스의 친한 친구로, 『댈러웨이 부인』에서 클라리사의 모델이 되었다.
***배스의 후작Marquess of Bath은 대영제국의 귀족계급 칭호이다. 1789년 정치인인 토머스 사인Thomas Thynne에게 수여되면서 시작되었다. 여기서는 5대 배스 후작인 토머스 헨리 사인Thomas Henry Thynne의 부인을 말한다.

대단히 훌륭했다. 우리가 배스 노부인과 정찬을 하거나 점심을 먹을 때면 나는—전적으로 속물적인 도취일 테지만 여러 다른 요소로 이루어져 있는—즐거움과 두려움, 웃음과 놀라움에 도취되어 전율하며 거기에 앉아 있었다. 배스 부인은 식탁 맨 끝에 사인 가문의 문장과 보관이 찍힌 의자에 앉아 있었다. 그녀 옆의 탁자 위에 놓인 두 개의 받침방석에는 각기 워터베리 시계*가 있었다. 이 시계들을 그녀는 이따금 쳐다보았다. 그런데 왜 보았을까? 나는 모른다. 시간이 그녀에게 어떤 특별한 의미가 있었을까? 그녀는 한없이 한가한 것 같았다. 그녀는 수시로 꾸벅꾸벅 졸곤 했다. 그러다 깨어나면 시계를 보았다. 그녀가 시계를 본 것은 시계를 쳐다보는 것을 좋아했기 때문이었다. 그녀가 사람들이 떠드는 말에 관심을 갖지 않는 것은 나의 호기심을 불러일으키면서 나를 즐겁게 했다. 그녀가 집사인 미들턴과 나누는 대화 역시 그랬다.

차량 한 대가 창문을 지나갔다.

"누구를 태우고 가는 거지?" 그녀가 느닷없이 말했다.

---

*Waterbury watch. 현재 세계적인 시계업체인 타이맥스 그룹의 전신으로 1854년에 만들어졌다.

"서필드 부인입니다, 마님." 미들턴이 대답했다. 그러면 배스 부인은 시계를 쳐다보았다. 한번은 대화 중 "이회토"라는 말이 불쑥 튀어나왔던 것으로 기억한다.

"이회토가 뭐지, 미들턴?" 배스 부인이 물었다.

"점토와 탄산석회가 섞인 흙입니다, 마님." 미들턴이 그녀에게 알려주었다. 그 사이에 케이티[캐서린의 애칭]는 접시에서 핏물이 떨어지는 뼈다귀를 집어 개들에게 먹이고 있었다. 나는 그곳에 앉아 있으면서, 이 사람들은 다른 사람들이 어떻게 생각하는지에 대해서 조금도 개의치 않는다는 것을 느꼈다. 이것이 가꾸지 않고 일부러 손질하지 않은 채 자연히 자라는 대로 둔 자연 상태의 인간 본성인 것이다. 그들은 켄싱턴*에 사는 우리에게는 결여된 어떤 특질을 갖추고 있다. 어쩌면 나는 나 자신을 위한 변명거리만을 찾고 있을지도 모르겠지만, 그러나 그것이 내가 지금 이 편지를 꾸러미 맨 위에 올려놓도록 하는 속물근성의 기원이었다. 귀족은 우리보다 더 자유롭고 더 자연스럽고 더 별나다는 생각 말이다. 여기서 나는 내 속물근성이 지적인 종류에 관한 것

*Kensington. 영국 그레이터런던주 중부의 한 지역.

은 아니라는 점을 특히 언급하고 싶다. 배스 부인은 지극히 단순했다. 케이티와 베아트리체는 철자도 쓸 수 없었다. 그들이 아는 지적인 세계에서는 윌 로덴스타인과 앤드루 랭*이 가장 휘황찬란한 빛이었다. 그러나 로덴스타인도, 앤드루 랭도 나에게 감명을 주지는 못했다. 만일 여러분이 내게 아인슈타인이나 웨일스의 왕자 중 어느 쪽을 만나겠냐고 묻는다면, 나는 주저 없이 왕자를 선택할 것이다.

나는 보관寶冠을 원하지만, 그 보관들은 유서 깊은 보관이어야만 한다. 땅과 시골의 별장을 가져다주는 보관이어야 하며, 단순함과 별난 행동, 안락함을 낳는 보관이어야 한다. 그리고 여러분의 접시를 워터베리 시계로 둘러싸고, 여러분의 손으로 직접 핏물이 뚝뚝 떨어지는 뼈다귀들을 개들에게 먹이로 줄 수 있는, 여러분의 상태에 대해 자신 있는 보관이어야 한다. 이 말이 떨어지기가 무섭게 나는 이 진술에 단서를 달 수밖에 없다. 이 편지는 내게 불리한 증거로 떠오른다. 편지에는 맨 위에 보관이 찍혀 있지만 유서 깊은 보관은

---

*William Rothenstein(1872~1945)은 영국의 화가, 데생 화가, 미술 작가이고, Andrew Lang(1844~1912)은 스코틀랜드의 시인, 소설가, 문학 평론가로, 인류학과 민속과 동화의 수집가로 잘 알려져 있다.

아니다. 출신으로 따지면 내 출신이나 다름없거나 어쩌면 더 못한 부인이 보낸 것이다. 그런데도 나는 이 편지를 받았을 때 가슴이 온통 두근두근거렸다. 여러분에게 읽어드리겠다.

친애하는 버지니아에게,

나는 아주 젊지가 않아서 내 친구들 모두 죽었거나 죽어가고 있습니다. 나는 당신을 꼭 만나 큰 부탁을 좀 드리고 싶습니다. 그게 무엇인지 말하면 당신은 웃을 테지만 12일이나 13일, 17일이나 18일 중에 여기에 혼자 와서 나와 함께 점심을 먹으면 그게 뭔지 말하겠습니다. 아니, 그러지 않을래요. 이 날짜들 중 어느 날에 당신의 숭배자를 만나줄 수 있는지 알려주기를 기다리고 있겠습니다.

마고 옥스퍼드*로부터.

나는 좀체 답장을 그 즉시 쓰지 않는데도 불구하고, 그 즉시 전적으로 옥스퍼드 부인이 편하신 대로 하겠다는 답장을 썼다. 그녀가 무엇을 부탁하든지 간에 기꺼이 들어줄

*Margot Oxford(1864~1945). 마고 애스퀴스Margot Asquith로 알려진 작가. 1894년부터 1928년까지 영국의 수상을 지낸 H. H. Asquith의 부인이었다.

터였다. 나는 아주 오랫동안 궁금해할 필요도 없었다. 곧바로 이 두 번째 편지가 왔기 때문이다.

　　친애하는 버지니아에게,

　　당신이 나를 위해서 해주길 바라는 부탁을 알려드리는 게 도리인 것 같네요. 내 친구들은 모두 죽어가고 있거나 죽었으며, 나를 둘러싼 시간도 끝나가고 있다는 것을 잘 알고 있습니다. 지금까지 내가 들었던 가장 위대한 찬사는—별로 없지만 그중에서도—당신이 나를 훌륭한 작가라고 말했을 때였습니다. 현존하는 여성 작가들 중에서 가장 위대한 당신에게서 나온 이 말이 나를 우쭐하게 만들었는지도 모르겠어요. 내가 죽으면 「더 타임스」지에 당신이 내 글에 감탄했으며 기자들이 나를 더 많이 활용해야 했다고 생각한다는 짤막한 글을 써주었으면 합니다. 나는 허영심으로 똘똘 뭉친 사람은 아니지만, 처음으로 일감을 맡았다가 신문 편집자들에게 퇴짜 맞았을 때 마음의 상처를 입었습니다. 이것은 당신에게는 사소한 것처럼 보일 수 있겠지요. 실제로도 그렇고요. 하지만 당신이 내 얘기를 꼭 신문에 내주셨으면 합니다. 만일 이 일이 당신을 귀찮게 하는 것이라면, 그냥 잊어버리세요. 하지만 내가 죽을 때 당신이 바친 찬사는 우리 가족을 무척 기쁘게 할 것입니다.

당신을 언제나 존경하는 마고 옥스퍼드로부터.

그 글은 고인에 관한 모든 기고문을 높이 사는「더 타임스」의 편집장 도슨*에게 보내면 됩니다.

내 생각에 여기서 내가 우쭐해한 것은 옥스퍼드 부인의 눈에 가장 위대한 여성 작가가 된 것이 아니라, 그녀가 나 혼자만 와서 점심을 먹자고 청한 사실 때문이었던 것 같다. "물론이죠." 나는 답장했다. "혼자 가서 당신과 점심을 먹을게요." 그리고 문제의 그날이 왔을 때 나는 우리의 엄격한 요리사인 메이블이 내게 와서 "옥스퍼드 부인께서 차를 보내셨습니다, 마님"이라고 했을 때 아주 흐뭇했다. 메이블은 내게 감동을 받은 게 분명했으며, 나도 나 자신에게 감동하고 있었

*George Geoffrey Dawson(1874~1944). 1912년부터 1919년까지, 또 그 이후에 다시 1923년부터 1941년까지「더 타임스」의 편집장이었다.

다. 나는 나 자신에 대한 존경심이 솟아났다. 메이블의 마음 속에서도 존경심을 솟아나게 했기 때문이다.

베드퍼드 스퀘어에 도착하자 오찬이 성대하게 차려져 있었으며, 마고는 화려한 보석과 옷으로 치장하고 있었다. 그녀의 가슴에선 다이아몬드가 박힌 십자가 모양의 루비가 눈부시게 빛났다. 그녀의 머리는 그리스 시대 말의 머리처럼 살짝 구불구불했으며, 살무사나 작은 독사처럼 날카롭게 독기 어린 말을 쏘아댔다. 필립 모렐*이 그녀의 독침을 맞은 첫 번째 주인공이었다. 그는 어리석었고 그녀는 그에게 타박을 줬다. 그런 뒤 그녀는 냉정을 되찾았다. 그녀는 무척 재기가 뛰어났다. 뷰포트 공작과 배드민턴**에서 있었던 사냥에 얽힌 일화들을 줄줄이 말했다. 또 어떻게 그녀가 대학 대항 경기의 출전 선수가 되었는지, 어떻게 워릭 부인과 (웨일스의 왕자와?)*** 리폰 부인, 베스버러 부인에 관한 소문

*Philip Morrell(1870~1943). 자유당 정치인.
**Duke of Beaufort. 1682년 찰스 2세가 헨리 서머싯에게 수여한 영국 귀족 계급의 칭호. 배드민턴은 뷰포트 공작의 저택 명칭이자 마을 이름이다. 뷰포트 공작은 저택의 넓은 응접실을 개조해 배드민턴을 쳤고, 후에 그 운동 이름도 배드민턴이 되었다.
***Prince of Wales. 영국 황태자의 칭호, 또는 영국 왕의 법정추정 상속인이

들을 듣게 되었는지, 밸푸어 경과 "영혼들"****에 관련된 것들도 줄줄 꿰차고 있을 정도였다. 나이, 죽음, 부고 기사, 「더 타임스」 등에 관해서는 한마디도 하지 않았다. 나는 그녀가 그러한 것들이 존재한다는 사실 자체를 잊었을 것이라고 확신한다. 나 역시도 그랬기 때문이다. 나는 완전히 매료되어 있었다. 나는 홀에서 그녀를 따뜻하게 포옹했으며, 내가 기억하는 그다음 일은 금가루와 샴페인으로 만들어진 것 같은 공기를 가르며 푸줏간들과 양철로 만든 싸구려 장난감들을 보고 있었다는 것이다.

이제는 어떤 지식인 집단도 나를 패링턴 길을 따라 날아갈 듯 걸어가게 하지 못했다. 버나드 쇼와 아널드 베넷, 그랜

될 장자의 칭호. 1282년 에드워드 1세가 잉글랜드에 침입한 웨일스 부족을 격파한 이후, 웨일스는 영국 왕의 지배하에 들어갔다. 이 전쟁 중에 왕의 차남 에드워드(후에 에드워드 2세)가 북웨일스의 카나번城城에서 태어났는데, 그 직후에 형의 죽음으로 황태자가 되고, 이어서 에드워드 1세로부터 '프린스 오브 웨일스'의 칭호를 수여받았다. 이때부터 영국의 황태자는 이 칭호를 가지게 되었다. 워릭 부인(Frances Evelyn "Daisy" Greville, 1861~1938)은 후에 에드워드 7세 왕이 된 웨일스 왕자 앨버트 에드워드의 정부이자 친구였다.
****Arthur James Balfour(1848~1930). 1902~1905년에 총리직을 역임한 철학가이자 정치가였다. 그는 "영혼들the Souls"로 알려진 배타적인 귀족 모임의 중심인물이었다.

빌 바커를 만나려고 H. G. 웰스*와 정찬을 먹은 적이 있었으나, 끝없이 가파른 계단을 애써 한 걸음씩 오르는 늙은 세탁부인 것처럼 느껴졌을 뿐이었다.

그리하여 나는 이제 보관에 열광하는 속물일 뿐만 아니라 환히 불이 켜진 응접실에 환희를 느끼는 속물, 사교모임에 들뜬 속물이라는 결론에 도달한 것 같았다. 어떤 집단의 사람이든 옷차림이 훌륭하고 사교계에서 돋보이는 사람이라면 친교가 없더라도 효험을 발휘할 터였으며, 견고한 진실을 가리는 황금과 다이아몬드 가루로 된 샘물을 뿜어낼 터였다. 이 문제를 또 다른 각도에서 한층 더 잘 조명할 편지가 여기에 한 통 있다.

이제는 아주 익숙한 그러한 경박한 서한 중 하나를 받은 것은 대략 12년 전인 게 틀림없다. 우리가 리치먼드**에

*George Bernard Shaw(1856~1950)는 아일랜드의 극작가 겸 소설가, 비평가로 『인간과 초인』 등 다수의 작품을 썼으며, Arnold Bennett(1867~1931)은 언론인, 시나리오 작가, 소설가였다. Granville Barker(1877~1946)는 버나드 쇼의 연극과 셰익스피어의 작품을 혁신적으로 만든 유명한 감독, 평론가 및 극작가였다. H. G. Wells(1866~1946)는 『타임머신』, 『투명인간』, 『세계사 대계』 등의 공상과학 소설을 쓴 작가다.
**울프는 1914년에서 1924년까지 리치먼드에서 살았다.

살고 있을 때였기 때문이다. 누런 종이 위에 들뜬 듯한 필체가 거침없이 굴러가고 있었다. 그러다 마침내 시빌 콜팩스*라고 구불구불 휘갈겨 쓰여 있었다. "당신이 폴 발레리**를 만날 겸 차 한잔하러 오신다면 전 정말이지 무척 기쁠 거예요." 여기에는 여러 날짜들이 쓰여 있었다. 내가 기억할 수 있는 한, 당시 나는 폴 발레리나 그와 맞먹는 사람들을 늘 만나왔기 때문에, 내가 알지 못하는 사람—한 번도 만난 적 없는 그녀—인 시빌 콜팩스가 그를 만나 차 한잔하지 않겠냐는 편지는 조금도 끌리지 않았다. 만약 끌렸더라도, 나 자신에 관한 약간 부끄러운 사실이 그곳에 가는 것을 가로막았을 터였다. 말하자면, 나의 옷에 대한 콤플렉스, 특히 가터***에 대한 콤플렉스 때문이다. 나는 옷을 볼품없게 입는 것을 싫어하지만, 그렇다고 옷을 사는 것도 싫어한다. 특히

*Sibyl Colefax(1874~1950). 런던의 사교계 유명인사. 200년 된 저택인 아가일 하우스에서 파티를 즐겼다. 1929년 월스트리트에서 유발한 경기불황으로 돈을 대부분 잃어버렸지만, 여전히 번영하고 있는 인테리어장식 회사를 설립할 수 있었다. 레너드 울프는 그녀를 "부끄러운 줄 모르는 사자 사냥꾼(사자 사냥꾼은 의역하면 파티광이라는 뜻)"이라고 묘사했다.
**Paul Valery(1871~1945). 프랑스의 시인, 수필가 및 철학자.
***남성용 "바지 멜빵"과 달리 여성용 가터는 허리둘레에 착용하는 것으로 양말이나 스타킹이 흘러내리지 않게 클립이 매달려있다.

가터를 사는 것이 싫다. 가터를 사기 위해서는 상점 한복판에 있는 가장 사적인 공간을 찾아가야 하고, 속옷 바람으로 서 있어야 하는 것에 어느 정도 원인이 있다고 생각한다. 반짝이는 검은색 새틴을 입은 여자들이 엿보며 기분 나쁘게 키득거린다. 설령 이 고백이 무엇을 드러내든지 간에, 또 그게 약간 불명예스러운 것일지라도, 나는 나와 같은 성이 보는 앞에서 속옷을 입고 있는 게 무척 부끄럽다. 그러나 12년 전 당시 치마 길이는 짧았으며 스타킹은 단정해야 했고, 내 가터는 낡았었다. 나는 모자와 코트는 말할 것도 없고 가터 한 쌍 사는 것도 할 수 없었다. 그래서 "아뇨, 폴 발레리를 만나는 자리에 가지 못할 거예요"라고 답장했다. 그 뒤에도 초대장이 빗발쳤다. 기억할 수조차 없을 정도로 많은 차 모임에 와달라는 요청을 받았다. 마침내 상황은 절망적이 되었으며, 결국 가터를 살 수밖에 없었다. 그러다 아가일 하우스에 와달라는—50번째 정도였을까—초대를 받아들였다. 이번에는 아널드 베넷을 만나는 자리였다.

파티가 열리기 바로 전날 저녁, 「이브닝 스탠더드」지에 아널드 베넷이 내 책 중 한 권에 대한 서평을 실었다. 『올랜도』

였던 것 같다. 그는 그 책을 신랄하게 공격했다. 형편없는 책이라면서, 그가 내게 작가로서 가지고 있던 모든 희망을 무참히 꺾어버렸다고 했다. 서평 전체가 나를 깎아내리는 데 전념하고 있었다. 옥스퍼드 부인과 달리 이제 나의 허영심, 즉 작가로서의 허영심은 순전히 속물적인 것이었다. 나는 서평가에게 커다란 살갗의 표면을 노출하면서도 살과 피는 거의 노출하지 않는다. 즉, 내가 좋은 서평과 나쁜 서평에 신경을 쓰는 것은 오로지 내 친구들이 내가 서평에 신경 쓴다고 생각할 것 같기 때문이다. 하지만 나는 내 친구들이 좋든 나쁘든 서평을 거의 그 즉시 잊어버린다는 것을 알고 있으므로, 나 역시 몇 시간 만에 잊어버린다. 나의 살과 피의 감각에는 아무런 손도 못 댄다. 나의 책들에 대해 유일하게 피를 흘리게 하는 비평은 인쇄되지 않은 비평들, 즉 사적인 비평들이다.

따라서 서평을 읽은 지 하루가 지났으므로, 나는 작가로서의 평판보다는 여자로서의 내 외모에 훨씬 더 관심을 갖고 아가일 하우스의 응접실로 들어갔다. 이제 처음으로 시빌을 보게 되었는데, 그녀는 빳빳한 검은색 밀짚모자 위에 놓인 한 송이 빨간 체리를 연상시켰다. 그녀는 앞으로 오더니 어린 양을 도살자에게 끌고 가듯 나를 아널드 베넷이 있는 쪽으로 이끌었다.

"울프 부인께서 오셨습니다!" 그녀가 미소를 지으며 말했다. 여주인으로서 그녀는 흡족해하고 있었다. 이제 아가일 하우스의 명성을 드높일 장면이 펼쳐질 거라고, 그녀는 생각하고 있었다. 다른 사람들도 그 자리에 있었는데 그들 역시 뭔가를 기대하는 사람들처럼 보였으며, 모두가 미소 짓고 있었다. 하지만 내 느낌으로는 아널드 베넷이 불편해하는 것 같았다. 그는 친절한 사람이었으며, 진지하게 서평을 쓴 사람이었다. 이제 그는 전날 저녁에만 해도 그의 표현대로 "악담을 퍼부은" 여인과 악수를 나누고 있었다.

"미안합니다, 울프 부인"이라고 그가 말을 꺼냈다. "지난밤에 부인의 책에 대해 악담을 퍼부은 것은……"

그는 말을 더듬었다. 그리고 나는 꽤 진심을 담아 툭 내뱉었다. "책을 출간한 이상 그건 당연히 제 불찰이겠지요. 그 결과도 당연히 받아들여야만 할 테고요."

"네, 네, 그렇죠." 그가 말을 더듬었다. 나는 그가 내 말에 수긍했다고 생각한다. "저는 부인 책이 마음에 들지 않았습니다." 그가 계속했다. "아주 형편없는 책이라고 생각했습니다……." 그가 다시 더듬었다.

"제가 선생님 책을 싫어하는 것보다 더 저의 책을 싫어할 수는 없을 거예요, 베넷 씨." 내가 말했다. 나는 그가 이 말에 전적으로 수긍했는지는 모르겠다. 그러나 우리는 함께 앉아서 이야기를 나누었고 정말로 사이좋게 있었다. 나는 출간된 그의 편지 중 일부에서 내가 그에게 아무런 원한을 품지 않기 때문에 나를 높이 평가한다는 사실을 발견하고는 기뻤다. 그는 우리가 사이좋게 잘 있었다고 했다.

그러나 그것이 핵심은 아니다. 핵심은 이 사소한 장면이 시빌을 흡족하게 했고, 자격요건이라 부를 만한 친분을 쌓는 토대가 되었다는 것이다. 나는 곧바로 차를 마시는 사이에서 고기를 먹는 사이로 승격되었다. 우선은 간단한 점심부터 시작했다. 그러다 내가 간단한 점심을 거부하자 만찬으로 넘어갔다. 나는 그곳에 여러 차례 갔다. 하지만 차츰 그녀가 내게 언제나 작가들을 만나달라고 부탁한다는 사실을 알아차렸다. 나는 작가들을 만나고 싶지 않았다. 그런데 어느 때부터인가 왼쪽에 노엘 카워드가 있었다면, 오른쪽에는 항상 아서 경*이 있었다. 아서 경은 매우 친절했다. 그는 나를 즐겁게 해주려고 늘 최선을 다했다. 그런데 그는 왜 내가 전혀 생각도 못했던 염료법안에 지대한 관심이 있다고 생각했을까. 아무튼 그런 식이었다. 우리의 대화는 항상 그런 식으로 겉돌았다. 한때 나는 염료정책에 관한 한 영국에서 두 번째로 주도적인 권위자였다. 그러나 마침내 내 왼쪽에 노엘 카워드가 있고 오른쪽에 아서 경과 함께 있으면서는 더 이상 시빌과 만찬을 할 수 없다고 느꼈다. 그녀가 더 집요할수록 더더욱 변명거리가 늘어갔다. 그랬더니 그녀는 자기가 나를 보러 오겠다고 제안했다. 그녀가 왔다. 다시금 내 속물근성이 발동했다. 나는 아이스케이크를 샀으며, 방을 깨끗이 정돈했다. 핑커*의 개껌을 치워버리고, 구멍 난 의자에 덮개를 씌웠다. 곧 나는 그녀의 속물근성은 다 타버린 번빵**이나 어질러진 방 정도만을 따진다는 것을 깨달았다. 그리고 만약 내 손가락들이 잉크 얼룩으로 뒤덮여 있다면 그건 무조

---

*Noel Coward(1899~1973)는 영국의 극작가, 작곡가, 감독으로 재치 넘치는 풍자로 유명하다. 아서 경(1866~1936)은 시빌 콜팩스의 남편이다.
**Pinker. 울프가 키우던 개 이름.
***단맛이 많이 나는 작고 동그란 빵.

건 환영할 일이었다. 우리는 그러한 것들에서 친밀감을 쌓기 시작했다. 그녀가 "오, 나도 얼마나 작가가 되고 싶었는지 몰라요!"라고 하면 나는 "오, 시빌, 나도 당신과 같은 훌륭한 여주인이 될 수 있음 얼마나 좋을까요!"라고 대답했다. 그녀가 들려주는 귀족 상류사회에 대한 일화들은 나를 아주 즐겁게 했으며, 나는 영어로 산문을 쓸 때 벌이는 자신과의 고투에 대해 상상 속에나 나올 법한 모습을 소름 끼치게 그려냈다. 우리가 더 친해지면서—그것을 친하다고 부를 수 있을까?—속물들도 친해질 수 있을까?—그녀가 마룻바닥에 앉아 치마를 추어올리고 속바지를 가지런히 하면서—나는 그녀가 실크로 만들어진 속옷만 달랑 하나 입었다는 것을 알 수 있었으며—그녀는 고충을 쏟아냈다. 그녀는 거의 눈에 눈물이 고인 채로 오스버트 시트웰*이 어떻게 자신을 비웃었는지, 사람들이 자신을 어떻게 출세주의자나 파티광이라고 부르는지에 대해 불평하곤 했다. 이런 부당한 풍문들이 얼마나 비열한지에 대해…… 그녀가 원하는 것은 오로지 아

---

*Osbert Sitwell(1892~1969). 영국 시인 겸 소설가. 명문가 집안으로 풍자적인 경향의 시를 썼다.

가일 하우스가 흥미로운 사람들이 흥미로운 사람들을 만날 수 있는 중심지가 되어야 한다는 것밖에는 없는데도 사람들은 자신을 비웃고 모욕한다고 말했다. 한번은 이러한 속내를 한창 털어놓고 있을 때 전화가 울렸다. 나는 내게 그러한 속내를 털어놓는 것에 굉장히 우쭐해 있는 상태였다. 큐나드 부인*의 집사가 내가 한 번도 만난 적이 없는 자신의 마님의 만찬에 와달라고 부탁하는 전화였다. 내가 이 상황을 설명하자 시빌은 격분했다. "그렇게 무례한 말은 생전 듣도 보도 못했네요!" 그녀가 외쳤다. 그녀의 얼굴은 앞발로 잡고 있던 뼈다귀를 누군가가 낚아챌 때 암호랑이의 표정을 연상시키는 모습으로 일그러졌다. 그녀는 큐나드 부인을 욕했다. 아무리 욕을 퍼부어도 모자라는 것 같았다. 그녀는 그저 파티광에 속물일 뿐이었다. 또, 콜몬들리 부인**이라는 사람에게서도 전화가 걸려왔다. 그녀는 내게 자기를 만나러 와달라고

---

*Maud Alice Burke(1872~1948). 미국 태생으로 런던 사교계의 여주인이었다. 나중에 큐나드 부인이라 불렸으며, 에드워드 8세 왕이 1936년에 왕위를 포기하면서 결혼하려고 한 미국의 이혼녀 월리스 심프슨을 지지했다.

**Sybil Rachel Betty Cecile Sassoon. 콜몬들리의 후작부인(1894~1989). 콜몬들리는 여러 훈장을 수여한 가문으로, 노퍽에 있는 호턴홀은 영국의 위엄 있는 저택 중 하나였다.

청했다. "그런데 콜몬들리 부인이 누구죠?" 내가 물었다. 콜몬들리 부인의 인물됨을 갈기갈기 악평하는, 철저하고 세심하게 앙심을 품은 방식을 나는 절대 잊지 못할 것이다. 서로 모르는 사이에 어떻게 다른 사람에게 식사를 같이하자는 무례한 짓을 할 수 있는지 자기는 절대 이해할 수 없다고, 나는 그녀가 말했던 것을 기억한다. 그녀는 나에게 큐나드 부인이나 콜몬들리 부인과 하등의 관계를 맺지 말라고 강력하게 권고했다. 그렇지만 그녀 자신도 한치도 다를 바 없는 똑같은 짓을 했었다. 그들 사이에 무슨 차이점이 있을까?

간단히 말해서, 대단한 것은 아니지만, 우리 사이에는 내게 흥미를 끄는 것들이 아주 많았다. 우리 사이는 한발 더 나아갔다. 얼마 지나지 않아 그녀는 내가 절대 공표할 용기를 가져본 적이 없었던 계획을 제안했다. 한 번은 아가일 하우스에서, 한 번은 태비스톡 스퀘어에서, 이렇게 2주에 한 번씩 파티를 열자는 것이었다. 우리는 친구 넷에게 부탁해야 했고, 그녀도 자신의 친구 넷에게 부탁했다. 블룸즈버리와 상류 귀족사회가 뒤섞일 터였다. 내 생각에는 그녀가 비용을 지불할 거라는 사실을 넌지시 암시했던 것 같다. 그러나

심지어 내가 굉장히 들떠있을 때조차도, 나는 이 파티가 절대 성공하지 못하리라는 것을 알았다. 한번은 우리가 그녀를 위해 리턴*을 초대한 적이 있었는데, 파티는 완전히 실패했다. 리턴은 무척 선량하며 참을성이 대단한 사람이었다. 하지만 그는 떠나면서 나에게 "콜팩스를 다시 만나달라고는 하지 말아주세요"라고 했다.

우리는 이제 솔직하게 터놓아야 할 단계에 이르렀다. 누차 그녀는 뻔뻔스럽게 나와의 약속을 내동댕이쳐버렸으며, 누차 나는 그녀가 하는 변명이 다른 곳에서 더 괜찮은 약속을 지켰다는 사실을 의미한다는 것을 알게 되었다. 예를 들어, 여기 그러한 변명 중 하나가 있다. 그녀는 어떤 날짜를 특정해 초대했는데, 나로선 곤란했지만 다른 약속을 잡지 않고 내버려 두었다.

사랑하는 버지니아에게,

나는 재미없는 한 주를 보냈어요. 9시가 아니라 10시

---

*Giles Lytton Strachey(1880~1932). 영국의 유명한 전기작가이자 비평가. 블룸즈버리그룹의 창립 멤버로 울프와 막역한 사이였다. 『빅토리아 여왕』과 『엘리자베스와 에식스』 등에서 사실주의 기법에 따른 전기를 썼다.

에 일을 보러 가서 6시에 돌아와 잠자리에 들었지요. 화요일쯤이면 괜찮아질 거라 생각했는데, 그날 한 까다로운 부인이 피커딜리에서 5시 반에 침실 커튼을 보러오는데 끌려 나왔어요. 그 만남은 6시 15분까지 연장되었고, 나는 완전히 지쳐서 침대에 쓰러졌어요! 이제 난 괜찮아졌지만, 이젠 당신이 바쁘겠지요. 18일 날 내가 가든지 아니면 16일 날 6시에 당신이 여기로 와주실래요? 내가 가야 할 경우, 18일이 안 된다면 23일은 어떤지요.

당신의 친구, 시빌.

그다음 날 나는 얼랭어 부인*의 저택에서 열린 칵테일파티에 참석해 시빌을 만났다는 어떤 사람을 만났다. "침실 커튼에 대한 얘기가 있었나요?" 내가 물었다. 분명 그런 얘기는 전혀 없었다.

나는 그 일에 대해 그녀를 나무랐고, 그녀는 간신히 얼버무렸다. 그러나 한번은 내가 그녀에게 똑같은 장난을 쳤을 때―약속을 저버리고 3주 뒤로 통보하자―나는 온갖 모

*영국-프랑스 출신의 작곡가이자 은행가, 예술가들의 후원가인 프레더릭 알프레드 얼랭어의 부인을 말한다.

욕이 폭력적으로 담긴, 정말로 분노가 극에 달한 편지들을 연달아 받았다. 그녀는 내가 더 좋은 약속에 넘어갔을 거라며, 분명히 큐나드 부인이나 콜몬들리 부인과 식사를 했을 거라며, 약속을 미룬 것을 최악의 비열한 동기에서 나온 것으로 보면서 정말로 인상적인 말을 쏟아내기에 이르렀다. 그녀의 심리에 전반적으로 해결의 실마리를 던져주는 이 모든 것은 무척 흥미로웠다. 왜 우리는 계속해서 서로 만났을까? 난 궁금했다. 도대체 우리 관계의 본질은 무엇이었을까? 깜짝 놀랄 만한 방식으로 해결의 실마리가 던져졌다.

지난 2월 어느 날 아침, 아침 식사를 마치자마자 전화벨이 울렸고, 레너드가 받았다. 나는 그가 전화를 받으면서 낯빛이 변하는 것을 보았다.

"세상에, 그럴 수가!" 그가 외쳤다. "설마!" 그러면서 그는 내게로 몸을 돌리더니 이렇게 말했다. "아서 콜팩스가 죽었대!"

해럴드 니컬슨*에게서 걸려온 전화로, 아서 콜팩스가 전날 오후에 갑작스럽게 죽었다는 사실을 말해주려고 전화를 건 것이었다. 그는 겨우 하루만 앓았으며, 시빌이 제정신이

---

*Harold Nicolson(1886~1968). 영국의 외교관이자 문학평론가.

아니라고 했다. 아서 경이 죽다니! 손바닥 하나가 따귀를 찰싹 때리는 것 같았다. 진심으로 놀랍고도 동정심 어린 일격이었다. 그것은 아서 경을 위한 것은 아니었다. 그에게서는 나는 늘 응접실 한가운데 서 있던 오래된 장식장에 대해 사람들이 느끼는 것을 느꼈다. 장식장은 사라졌다. 그것은 놀랍고도 슬픈 일이었다. 그러나 나는 장식장과는 전혀 친숙한 적이 없었다. 시빌에 대한 나의 느낌은 다른 것이었다. 그녀와 나는 친한 사이였다. 나는 그녀에게, 앞서 말했듯이, 진심으로 순수한 동정심이 찰싹 때리는 것처럼 느껴졌다. 그러한 감정을 느끼자마자 그것은 여러 조각들로 산산이 부서졌다. 나는 무척 안쓰러웠지만, 또한 무척 궁금하기도 했다. 그녀는 어떻게 느꼈을까? 그녀는 아서에 대해 정말로 어떻게 느꼈을까?

이렇듯 감정이 뒤섞여있을 때는 말로 표현하는 것이 몹시 어렵다. 이를 증명하듯, 연민이 담긴 편지를 쓰게 되었을 때 나는 주춤거렸다. 적당한 말을 하나도 찾을 수 없는 것 같았다. 나는 쓰고 또 썼지만, 결국 내가 쓴 것들을 찢어버렸다. 주말 동안 몽크스 하우스*에 내려가는 길에 꽃을 세

송이 꺾고는 "시빌에게, 레너드와 버지니아가 사랑을 담아"라고 쓴 카드와 함께 묶었다. 우리가 아가일 하우스를 지나갈 때 레너드는 이제 수의를 입은 대저택의 초인종을 눌러 그 꽃들을 울고 있는 필딩의 손에 쥐어 주었다. 그녀는 적어도 진심으로 가슴이 찢어지는 것처럼 보였다. 그것이 그 문제에 대한 나의 해결책이었다.

그리고 그것은 놀라울 정도로 좋은 결과를 거둔 것 같았다. 즉, 나는 며칠 뒤 넉 장에 걸쳐 가슴이 미어지는 편지를 받았다. 아서와 그들의 행복했던 시절에 대해, 그리스 섬에서 햇살을 받으며 앉아 있던 옛 시절에 대해, 그들의 결혼이 얼마나 완벽했는지에 대해, 그리고 그녀가 현재 얼마나 고독한지에 대한 편지였다. 그 편지는 진심으로 쓴 것 같았으며, 진실을 토하고 있는 것 같았다. 나는 그녀가 그토록 툭 터놓고, 그토록 친밀하게, 심지어 지나치게 감상적이다 싶을 정도로 내게 말하는 것이 약간 우쭐하기도 했다.

나중에 그녀가 거의 잘 알지도 못하는 사람들에게도 내

*Monks House. 동부 서식스의 로드멜 마을에 있는 울프가 살던 집. 이곳에서 『댈러웨이 부인』, 『등대로』, 『자기만의 방』, 『파도』, 『세월』 등의 걸작을 쏟아냈다.

게 보낸 편지와 매우 비슷한 편지를 썼다는 소리를 듣고는 기분이 썩 좋지 않았다. 남편의 죽음 이후로 그녀가 매일 밤 외식을 한다는 소리를 들었을 때, 그리고 신문에서 콜팩스 부인이 이런저런 상류사회의 파티와 연극의 개막 공연에 참석했다는 소식을 읽었을 때, 나는 무척 당혹스러웠다. 그녀가 편지에서 썼던 것보다 느낌이 덜한 걸까? 아니면 아주 용감해진 걸까? 사교계에서 지나치게 단련된 나머지 홀로 있는 것을 견딜 수 없게 된 것일 뿐일까? 속물근성의 심리학에서 그것은 흥미로운 문제였다.

그녀는 내게 여러 차례 편지를 썼다. 아가일 하우스를 떠날 거라고 했다. 내게 그곳으로 와서 꽃이 핀 5월을 마지막으로 보자고 청했으나 나는 가지 않았다. 그러자 그녀는 그곳으로 와서 꽃이 핀 튤립을 마지막으로 보자고 청했다. 우리는 멀리 떠나 있었고, 나는 가지 않았다. 내가 10월에 돌아왔을 때, 그녀는 내가 10월 27일 화요일에 오지 않으면 다시는 아가일 하우스를 보지 못할 거라고 썼다. 30일에 영원히 떠난다는 것이었다. 그녀는 특별히 나를 혼자서만 보고 싶다고 했다. 나는 우쭐했다. 나는 가겠다고 했으며, 화요일 아침이 되자 필딩이 약속을 상기시키려고 전화를 걸어왔다. 그리고 그녀의 마님이 내가 정확히 4시 45분에 오기를 바란다고 말했다.

비가 오고 바람이 부는 저녁이었다. 킹스 로드의 도로를 따라 나뭇잎들이 빙글빙글 소용돌이치고 있었다. 혼란스럽고 황량한 기분이 들었다. 정확히 4시 45분에 나는 아가일 하우스의 초인종을 마지막으로 눌렀다. 필딩이 아니라 집달관처럼 보이는 갈색 정장을 입은 볼품없는 남자가 문을 열었다. 그는 퉁명스러웠다.

"너무 늦었습니다." 머리를 흔들며, 마치 나를 막으려는 듯 문을 절반만 열어둔 채 그가 말했다.

"하지만 콜팩스 부인이 5시 15분 전에 오라고 말했어요." 내가 말했다.

이 말에 그는 상당히 당황스러워했다.

"그건 내가 알 바가 아니에요." 그가 말했다. "하지만 이쪽으로 오는 게 낫겠군요."

그는 나를 응접실이 아니라 식료품 저장실로 이끌었다. 그토록 맛 좋은 음식들이 가득 담긴 접시들을 내왔던 아가일 하우스의 식료품 저장실에 있게 되자 기분이 묘했다. 그 곳은 조리대로 가득 차 있었다. 조리대 위에는 식기류 세트들, 나이프와 포크 뭉치들, 큼지막한 잔들과 포도주잔들이 한 무더기 정돈되어 있었는데 그 위에 모두 딱지가 붙어 있었다. 그제서야 나는 그곳 전체를 팔려고 내놓았다는 사실을 깨달았다. 그 통명한 남자는 경매 대리인이었다. 나는 그곳에서 서서 주위를 둘러보고 있었다. 그때 아직도 회색 원피스와 모슬린으로 만든 앞치마를 두르고 있는 필딩이 황급히 부엌에서 식료품 저장실 안으로 들어왔다. 하지만 정신이 하나도 없이 몹시 허둥대고 있었기에 나는 그녀가 상복을 입고 애도하고 있다는 느낌이 들었다. 그녀는 절망적인 손짓을 하며 말했다.

"콜팩스 부인이 어디 계신지 통 모르겠어요." 그녀가 흐느꼈다. "그래서 저는 마님을 어디로 모셔야 할지 모르겠어요. 사람들이 아직도 여기 있어요. 4시에 갔어야 했는데, 아직도 사방에……"

"너무 안타까워요, 필딩." 내가 말했다. "이건 정말 몹시 슬픈……"

눈물이 그녀의 두 뺨에 흘러내렸고, 두 눈에는 눈물이 맺혀 있었다. 그녀는 신음하듯 구슬픈 소리를 내면서, 어디로 가야 할지 모르겠다는 식으로 허둥대며 처음에는 식기실로 그다음에는 식당으로 내게 손짓을 하며 이끌었다. 나는 저 흥겨웠던 방의 갈색 의자 중 하나에 앉았다. 지난번에 그 자리에 앉았을 때는 오른쪽에 아서 경이 있었고 왼쪽에 노엘 카워드가 있었다. 이제 그 의자에는 딱지가 붙어있었으며, 벽난로 선반 위에 장식한 유리나무들에도, 샹들리에에도, 촛대에도 딱지가 붙어있었다. 검은색 외투를 입은 한 남자가 방을 돌아다니며 촛대를 들어 올리고, 담뱃갑을 들어 올리고 있었다. 마치 얼마나 값어치가 있는지를 계산하는 것 같았다. 그때 잘 차려입은 귀부인 둘이 슬쩍 들어왔다. 그중 한 명이 내게 손을 내밀었다.

"가구를 보러 오셨나요?"라고 그녀는 마치 장례식장에 있는 것처럼 낮은 목소리로 말했다. 나는 그녀가 애바 보들리, 즉 랠프 위그램*의 부인이라는 사실을 알아보았다.

*Ralph Wigram(1890~1936). 영국 외무부 관계자. 2차대전 이전의 기간 동안 히틀러의 독일군 재군비에 대해 여러 차례 경고한 바 있다.

"아뇨, 시빌을 만나러 왔는데요." 내가 말했다.

나는 그녀의 얼굴에서 부끄러워하는 기색을 감지했다고 생각했다. 나는 시빌의 친구였지만 그녀는 단순한 관람객이었다. 그녀는 어슬렁거리며 가더니 가구를 살펴보기 시작했다. 거기에 앉아 아서 경과 그가 늘 내게 보여줬던 친절을 마음속에 새겨두려 하고 있을 때, 문이 반쯤 열렸다. 문 귀퉁이에 시빌이 살짝 나타나더니 마치 자신의 식당에 모습을 드러내는 게 두렵기라도 한 것처럼 말없이 오라고 손짓했다. 내가 따라가자 그녀는 응접실로 데리고 가더니 문을 닫았다.

"누구였어요?" 그녀가 초조해하면서 말했다.

"위그램 부인이었어요"라고 대답했다. 그녀는 두 손을 꼭 움켜쥐었다.

"오, 그녀가 나를 보지 않았으면 좋겠는데." 그녀가 중얼거렸다. "그 사람들은 4시에 갔어야 했어요. 그런데 아직도 사방에 있어요."

의자와 테이블 위에는 딱지가 붙어 있긴 했지만 응접실은 텅 비어있었다. 우리는 소파에 나란히 주저앉았다. 나는 그녀를 빳빳한 밀짚모자 위에 놓인 반들반들한 붉은 체리

송이에 비유하곤 했었다. 그런데 지금 그 체리들은 시들시들했다. 빛깔이 다 빠졌다. 검은색으로 된 모자의 챙은 물에 젖어 축축했다. 그녀는 늙고 아파 보였고, 마치 코 양쪽이 끌로 파놓은 것처럼 초췌하게 주름살이 져 있었다. 나는 그녀가 무척이나 안타까웠다. 우리는 뗏목에 매달려 있는 두 명의 생존자 같았다. 이제 잔치는 끝났다. 우리는 아주 최근까지도 꼭대기에 왕관을 받치고 있었던 저 웅장한 구조물의 폐허에 앉아 있었다. 나는 장갑을 벗은 맨손을 그녀의 맨손 위에 얹으며 '이건 실제야. 착오 같은 건 있을 수 없어'라고 느꼈다.

그때 필딩이 차를 내왔다. 사람들이 여행을 떠나려 할 때 마시는 종류의 차였다. 얇게 자른 빵 몇 조각과 버터, 의회비스킷* 세 조각도 곁들여 나왔다. 시빌은 차에 대해 양해를 구했다. "정말 지긋지긋하게 싫은 차예요!" 그러더니 다소 산만하게 이야기하기 시작했다. 그녀는 자신이 수술받은 사실에 대해 이야기하며, 의사들이 6개월 동안 휴식을 취해야 한다고 말한 것에 대해 이야기했다. "내가 무슨 그레타 가르보**

---

*parliament biscuits. 생강이 든 얇은 비스킷으로, 에든버러의 웨이벌리에 있는 "럭키 파이키Luckie Fykie"라는 가게에서 스코틀랜드 의회 의원들과 상류층 사람들에게 처음 제공했다. 때문에 이를 (스코틀랜드) 의회비스킷이라 부른다.

라고?" 그녀가 말했다. 그러더니 노스가North Street에 어떻게 집을 한 채 샀는지, 어떻게 클라크 가족과 함께 머무를 것인지에 대해……. 그녀는 항상 말을 잠시 끊으면서 "오, 이쯤에서 그만하죠"라고 했다. 마치 무언가를 말하고 싶지만 꾹 참고 있는 것 같았다. 어쨌든 그녀는 내게 혼자서 자기를 만나러 와달라고 청했었다.

마침내 나는 "정말 안타까워요, 시빌……"이라고 했다.

그녀의 두 눈에 눈물이 맺혔다. "오, 정말 끔찍해요! 당신은 상상도 할 수 없을 거예요." 그녀가 이야기를 시작했다. 그러더니 말을 멈추었다. 눈물은 떨어지지 않았다. "당신도 알다시피, 나는 내 감정을 말할 수 있는 사람이 아니에요"라고 하더니 "난 내 감정을 말할 수 없어요. 지금까지 누구에게도 말하지 않았어요. 다른 사람들에게 말했다면, 난 살 수 없을 거예요. 그리고 나는 정말로 계속해서 살아가야……." 그리고는 다시 노스가에 있는 집을 어떻게 샀는지에 대해 말하기 시작했다. 그 집이 얼마나 지저분하던지 주인이 제정신이 아

**Greta Garbo(1905~1990). 스웨덴의 영화배우. 1941년 28편의 영화에 출연한 후 35세의 나이에 은퇴하여 뉴욕으로 옮겨가서 은둔자로 살아갔다.

닌 게 분명하다며……. 그때 문이 열리며 필딩이 손짓을 했다.

"마님, 위그램 부인께서 말씀 좀 나누자고 하십니다." 그녀가 말했다. 시빌은 한숨을 푹 쉬며 일어나서 갔다.

전반적으로 나는 그녀가 무척 존경스러웠다. 소파에 앉아 있으면서 나는 그녀가 얼마나 용감한지 생각했다. 그녀는 바로 오늘 밤, 여기, 폐허의 한가운데에서, 팔려고 모두 내놓은 의자들과 탁자들 가운데서도 저녁 만찬을 열고 있지 않았는가? 그러나 이 자리로 다시 그녀가 돌아왔다.

"그 여잔 정말 질색이에요!" 그녀가 외쳤다.

그리고 그녀는 버터 바른 빵을 먹기 시작하면서 위그램 부인이 얼마나 야욕에 눈이 먼 사람인지를 말했다. 자신의 야욕을 위해서라면 다른 사람을 밀치고 떠밀어대는 그런 부류의 여자가 그녀에게도 역시 비열한 짓을 했다는 것이었다. 시빌이 노스가에 있는 집을 원한다는 말을 듣자 위그램 부인은 리턴 부부에게 말해버렸고, 리턴 부부는 그녀에 맞서서 높은 가격을 불렀다고 했다. 하지만 그녀는 리턴 부부가 높은 입찰가를 불렀음에도 집을 수중에 넣었으며, 그것도 아주 싼값에 구입했다. 그녀가 예상했던 것보다 7백 파운드 저

렴한 가격이었다. "오, 하지만 그 얘긴 하지 말자고요." 그녀가 말을 끊었다. 그리고 다시 나는 친해지려고 애쓰며 저택을 떠나는 것에 대해 다소 평범하고 어색한 말을 했다. 그 저택이 얼마나 많이 생각날지와 같은 말들이었다. 그때 다시 그녀의 눈에 눈물이 맺혔다. "맞아요." 그녀가 이곳을 둘러보면서 말했다. "나는 늘 이 집에 열정을 쏟았어요. 연인에 대해 느끼듯 이 집에 대해 느꼈죠……."

다시 문이 열렸다.

"메리 콜몬들리 부인*이 전화 왔습니다, 마님." 필딩이 말했다.

"지금 손님 만나고 있다고 전해." 시빌이 화난 듯이 말했다. 필딩이 갔다.

"근데 누구라고 했어요?" 시빌이 물었다. "난 메리 콜몬들리 부인이란 사람 들어본 적도 없는데. 혹시……. 아, 이런." 그녀가 일어서면서 한숨을 쉬었다. "아무래도 가봐야겠어요. 필딩은 내 인생에 애물단지예요." 그녀가 한숨을 지었다. "처음엔 울부짖다가 나중엔 웃음을 터뜨리더라니까요. 게다가

*필딩은 명백하게 영국의 소설가인 메리 콜몬들리Mary Cholmondeley(1859~1925)와 앞서 나온 콜몬들리 후작부인을 혼동했다.

박쥐처럼 눈이 어두워도 안경을 쓰려 하질 않아요. 아무래도 직접 가봐야겠어요."

다시 그녀가 내게서 떠났다. 또 하나의 환상이 사라져 버렸다고, 나는 생각했다. 나는 항상 필딩이 보물이라고 생각했다—시빌이 늘 총애하던 늙은 종. 하지만 아니었다. 그녀는 처음엔 울부짖다가 나중엔 웃음을 터뜨렸으며, 박쥐만큼이나 눈이 어두웠다. 이것은 아가일 하우스의 식료품 보관실 속을 또 한 번 몰래 들여다보는 것이었다.

거기에 앉아 기다리면서 나는 아서 경과 아널드 베넷과 조지 무어와 늙은 비렐 씨와 맥스 비어봄*과 함께 이 소파에 앉아 있던 시절들을 생각했다. 올가 린**이 사람들이 떠든다며 격분한 나머지 악보를 집어 던진 것도 이 방에서였다. 그리고 시빌이 방을 살그머니 가로질러 밸푸어 경을 이끌고 가 자애로움과 기품을 발산하며 그 분노한 가수를 달래는 것을 본 것도 이 방에서였다……. 그러나 시빌은 다시

---

*George Moore(1852~1933)는 아일랜드의 소설가, 시인, 예술 평론가, 극작가. Augustine Birrell(1850~1933)은 영국의 정치가, 저술가. Max Beerbohm(1872~1956)은 당대를 휘어잡았던 영국의 문필가이자 풍자화가.
**Olga Lynn(1882~1961). 코번트가든 왕립오페라극장에서 노래를 부르고 가르치던 소프라노 가수.

돌아왔고, 또다시 버터 바른 빵을 집어 들었다.

"필딩이 끼어들기 전에 무슨 얘길 하고 있었죠?" 그녀가 말했다. "그리고 내가 필딩을 어떻게 하면 되죠?" 그녀가 덧붙였다. "그녀에게 떠나라고 할 순 없어요. 오랜 세월 동안 우리와 함께 지냈는걸요. 하지만 그녀는 너무 형편없어서……. 이 얘기는 하지 말죠." 그녀가 다시 말을 끊었다.

다시 나는 한층 더 속 깊은 이야기를 나누려고 애썼다. "여기서 내가 만난 모든 사람들에 대해 생각하고 있었어요." 내가 말했다. "아널드 베닛, 조지 무어, 맥스 비어봄……."

그녀가 미소를 지었다. 나는 내가 그녀를 기쁘게 하는 것을 보았다. "그게 바로 내가 원했던 거예요. 내가 좋아하는 사람들이 내가 좋아하는 사람들을 만나야 한다는 사실이지요. 그게 바로 내가 애썼던 것이고—" 나는 활기를 띠며 "당신이 한 일이 바로 그거였어요"라고 말했다. 비록 실제로 다른 작가들과의 만남을 크게 즐거워하지는 않았지만 그녀에게 대단히 고마운 마음을 갖고 있으며, 그녀는 방문하는 손님들을 환대했고, 일도 아주 열심히 했으며, 그것은 그 나름의 훌륭한 성과였다는 사실들을 전하려고 애썼다.

"이 방에서 무척이나 즐거운 시간을 보냈었어요." 내가 말했다. "올가 린이 악보를 집어 던졌던 파티 기억나세요? 음, 또, 아널드 베넷을 만났던 때도요. 또, 헨리 제임스*⋯⋯." 나는 말을 멈췄다. 나는 아가일 하우스에서 헨리 제임스를 만난 적이 없었다. 헨리 제임스는 내가 태어나기 이전 시대의 사람이었다.

"그 사람 알아요?" 나는 꽤 천연덕스럽게 물었다.

"헨리 제임스를 아냐니요!" 시빌이 탄성을 질렀다. 그녀의 얼굴이 밝아졌다. 내가 마치 그녀의 신경세포, 그것도 잘못된 신경세포를 건드린 것 같은 느낌이 들었다. 그녀는 다시 옛날의 시빌인 여주인이 되었다.

"그리운 헨리 제임스! 당연히 알고말고요. 절대로 잊지 못할 거예요." 그녀가 시작했다. "월코트 발레스티어**가 비엔

*Henry James(1843~1916). 『여인의 초상』의 작가로 미국 태생이지만 1915년에 영국 시민권을 취득했다. 그는 울프의 부모님의 개인적인 친구였고 가끔 울프의 가족이 살던 런던 하이드파크 22번지로 찾아오곤 했다. 흥미롭게도, 울프의 문학적 스타일이 된 '의식의 흐름'이라는 표현은 헨리 제임스의 형인 철학자이자 심리학자 윌리엄 제임스William James가 사용한 것이다.
**Wolcott Balestier(1861~1891). 미국의 작가이자 편집자. 베일스티어가 장티푸스로 사망한 지 1년 후 그의 여동생 캐롤라인이 『정글북』의 저자인 러디어드 키플링과 결혼했다.

나에서 죽었을 때 얼마나, 아, 당신도 알죠? 그가 러디어드 키플링의 매제였다는 거—" 이때 문이 다시 열렸다. 또 필딩이었다. 박쥐처럼 눈이 어둡고 시빌의 삶에서 저주였던 필딩이 안으로 빼꼼히 얼굴을 들이밀었다.

"차가 문 앞에 왔습니다, 마님." 그녀가 말했다.

시빌이 내 쪽으로 몸을 돌렸다. "마운트가Mount Street에서 귀찮은 약속이 하나 있어요." 그녀가 말했다. "지금 가봐야 해요. 하지만 가는 길에 태워다줄게요."

그녀는 일어섰고, 우리는 현관으로 갔다. 문이 열려 있었다. 롤스로이스가 정문 뒤에서 기다리고 있었다. 이로써 이별이라고, 나는 속으로 생각하며, 잠시 멈춰서, 마치 마지막으로 보듯, 온통 딱지가 붙은 채 현관에 세워져 있는 이탈리아제 병들과 거울들을 바라보았다. 나는 아가일 하우스를 떠나기 싫다는 마음을 마지막으로 보여줄 어떤 말을 하고 싶었다. 그러나 시빌은 그 모든 것을 잊어버린 것 같았다. 그녀는 생기 넘쳐 보였다. 체리에 빛깔이 다시 돌아왔으며, 밀짚모자는 다시 빳빳해졌다. "막 이야기하고 있던 참이었죠." 그녀가 말을 다시 시작했다. "월코트 발레스티어가 비엔나에서 죽었을 때, 헨리 제임스가 나를 만나러 와서는 이렇게 말했어요. '시빌, 비엔나의 그 그리운 젊은 친구의 시신 옆에는 가련한 두 여인만 외로이 있는데, 내 의무가 바로─'" 이즈음 우리는 차가 있는 쪽으로 돌멩이가 깔린 좁은 길을 따라 걸어 내려가고 있었다.

"마운트가로 가주세요." 그녀가 운전사에게 말하며 차에 탔다. "헨리 제임스가 이렇게 말하더군요." 그녀가 다시 말을 이어갔다. "사별한 두 여인에게 어떠한 도움이라도 줄 수 있다면 비엔나로 가는 게 내 의무라는 느낌이 듭니다……'라고요." 그리고 차가 출발했고, 그녀는 내 옆에 앉아서 자기가 헨리 제임스를 알았다는 사실을 갖고 나에게 감명을 주려고 애쓰고 있었다.

끔찍하게 민감한 마음

이 글은 뉴질랜드 태생의 작가 캐서린 맨스필드가 35세(1923년)의 나이에 폐결핵으로 죽은 지 4년 뒤인 1927년, 그녀의 남편인 존 미들턴 머리가 편집, 발간한 그녀의 『일기』를 읽고 울프가 「뉴욕헤럴드 트리뷴」(1927)에 쓴 글이다. 울프는 자신의 일기에 "그녀의 글쓰기에 질투가 난다. 여지껏 질투심을 느꼈던 유일한 글쓰기이다"라고 쓴 바 있다. 맨스필드가 죽은 해에 남편은 유작을 모아 『비둘기의 둥지』를 발간한다. 그러나 울프는 머리가 서문에 그녀의 일기를 발췌한 것을 탐탁지 않아 했으며, 이러한 감정을 숨기고 이 글을 썼다. 하지만 맨스필드가 진정한 작가적 본능을 타고났다는 것은 의심하지 않았다. "끔찍하게 민감한 마음A terribly sensitive mind"이라는 제목은 맨스필드가 일기에서 사용한 말로, 울프는 양가적 감정을 갖고 이 말을 쓴 것으로 보인다. 일기는 1914년부터 1922년까지 8년 동안 있었던 일을 주로 다루고 있다. 즉, 맨스필드가 건강을 회복하기 위해 궁핍한 생활을 하며 런던에서 콘월로, 이탈리아에서 스위스, 프랑스에 이르기까지 집도 절도 없이 끊임없이 유랑하는 생활 속에서 계속해서 "끔찍하게 외롭다"거나 "고립되어 있다는 무서운" 느낌을 겪으면서 스스로를 달래고 점차 자신의 상태를 "받아들이는" 데 혼신의 힘을 쏟는 과정을 그려내고 있다.

영국에서 단편소설 작가들 중 가장 뛰어난 작가는 캐서린 맨스필드*가 단연 으뜸이라는 데 다들 동의한다고 머리경Mr. Murry은 말한다. 아무도 그녀만큼 이루어내지 못했고, 그녀의 탁월함을 정의할 수 있는 비평가는 아무도 없다는 것이다. 그러나 그녀의 일기를 읽는 독자는 그러한 문제들을 신경 쓰지 않는다. 그녀의 일기에서 우리의 흥미를 끄는 것은 글쓰기의 탁월함이나 명성의 정도가 아니라 8년 동안

---

*Katherine Mansfield(1888~1923). 뉴질랜드 태생의 영국 소설가. 첫 결혼이 며칠 만에 깨어지자 남성에게 버림받은 고독한 여성을 그린 『독일의 하숙에서』를 발표했으며 '의식의 흐름' 기법을 쓰는 단편 소설의 명수라 하여 자주 A. 체호프와 비교되었다. 지병인 늑막염이 폐결핵으로 악화되어 남프랑스의 방도르를 위시한 여러 곳에서 휴양하다가 35세에 파리 근처 퐁텐블로의 한 요양원에서 병사하였다. 그동안의 작품 중 『일기』(2권, 1927) 『서간집』(1928)은 남편인 머리가 편집·출판하였고, 이 밖에도 평론집 『소설과 소설가』(1930) 등이 있다.

의 삶에서 잇따라 닥치는 대로 인상을 받는—끔찍하게 민감한—마음의 광경이다. 그녀의 일기는 신비로운 동반자였다. "나의 보이지 않는 것들, 나의 미지의 것들이여 오라, 우리 함께 이야기하자꾸나"라고 그녀는 새 일기장을 시작하면서 적어둔다. 일기장 안에 그녀는 날씨와 약속 같은 사실들을 써놓았으며, 풍경을 그려냈고, 자신의 성격을 분석했으며, 비둘기나 꿈, 혹은 대화를 묘사했는데, 그보다 더 단편적이고 더 사적일 수는 없을 것이다. 우리는 마음 그 자체만을 지켜보고 있다고 느낀다. 그 마음은 지켜보는 이들에 대한 생각은 안중에도 없이 이따금 단숨에 휘갈겨 쓰거나 혹은 외로움에 빠진 사람들이 그러하듯 둘로 나뉘어 그 자신에게 말을 걸 것이다. 캐서린 맨스필드에 관해 캐서린 맨스필드로서.

그런데 그 짤막한 글들이 쌓이고 쌓이면서 우리는 그 글들에 하나의 방향을 부여하거나, 혹은 캐서린 맨스필드 자신으로부터 다분히 하나의 방향을 제시받고 있다는 것을 알게 된다. 거기에 앉아 끔찍이도 민감하게 그토록 다양한 인상들을 잇달아 기록하는 그녀는 삶을 어떤 관점에서 바라보고 있는 것일까? 그녀는 작가다. 그것도 타고난 작가다. 그녀가 느끼고 듣고 보는 모든 것은 단편적이지도 않고 서로 분리되어 있지도 않다. 그것은 글로 합쳐져 전체를 이룬다. 때로는 짤막한 메모가 곧바로 하나의 이야기를 만들기도 한다. "바이올린에 대해 쓸 때면 어떻게 경쾌하게 흐르다 구슬프게 갑자기 훅 떨어지는지, 또 그런 느낌을 어떻게 살펴어 찾는지를 기억하게 해준다"고 그녀는 쓴다. 혹은, "요통. 이것은 몹시 괴팍한 것이다. 너무나 갑작스럽고 너무도 고통스러워서 노인에 대해 쓸 때면 그 느낌을 기억해야 한다. 일어나면서부터 시작해서, 잠시 멈추었다가, 노기 띤 모습을 드러내고는 밤중에 누워서야 어떻게 잠잠해지는지와 같은……."

그러다 또, 순간 자체가 별안간 중요한 의미를 띠면서 마치 그 순간을 간직하려는 듯 개요를 서술한다. "비가 내리고 있지만 공기는 부드럽고 뿌연 가운데 따뜻하다. 굵은 빗줄기들이 늘어진 나뭇잎들에 후드득 떨어지고, 담배꽃들이 기울어진다. 이제 담쟁이덩굴이 살랑살랑 흔들거린다. 윙리*가 옆문의 정원에서 나타났다. 녀석은 벽을 뛰어오른다. 그리고 우아하게 앞발을 들어 올리며, 두 귀를 쫑긋 세우고, 거센 파도

*Wingly. 캐서린 맨스필드가 아끼던 고양이 이름.

가 갑자기 덮칠까 봐 퍽 두려워하며 푸른 풀밭의 호수 위를 헤치며 걷는다." 나사렛의 수녀는 "누렇게 뜬 잇몸과 변색된 커다란 앞니를 드러내면서" 돈을 요구한다.* 비쩍 마른 개. "네 개의 나무못으로 된 우리"처럼 비쩍 마른 몸집의 개가 거리를 내달린다. 어떤 의미에서는, 그녀는 비쩍 마른 개가 거리라고 느낀다. 우리는 이 모든 것 안에서 완성되지 않은 이야기의 한가운데에 있는 것처럼 느껴진다. 여기가 시작이고, 여기가 끝이다. 그 이야기들은 완성되기 위해 던져진 낱말들의 고리만을 필요로 할 뿐이다.

그런데 일기는 원체 사적이고 워낙 본능적이어서 또 다른 자아로 하여금 쓰는 자아로부터 분리하고 그 자아가 쓰는 것을 약간 멀찌감치 떨어져서 지켜볼 수 있게 해준다. 쓰고 있는 자아는 기묘한 자아였다. 때로는 쓰도록 유발할 수 있는 것이 아무것도 없었다. "쓸 일이 너무도 많은데 나는 거의 쓰지 않는다. 늘 작업하고 있는 척하고 있을 때 늘 작업하고 있었더라면 여기서의 삶은 거의 완벽했을 것이다. 발단에

---

*1917년 봄 어느 날 아침 수녀 둘이 문을 두드려, 아프고 갈 곳 없는 아이들을 위한 보금자리를 마련하는 돈을 모금한다고 하자 맨스필드는 수중에 갖고 있던 전 재산 1실링을 내주었다.

서만 하염없이 기다리고 또 기다리는 이야기들을 보라. ……
다음 날이다. 이를테면, 오늘 아침을 보자. 나는 어떤 것도 쓰
고 싶지 않다. 우중충한 날이다. 후텁지근하고 흐리다. 단편소
설은 비현실적이며 쓸만한 가치가 없는 것 같다. 나는 쓰고
싶지 않다. 나는 살고 싶다. 이 말은 무슨 뜻으로 하는 걸까?
그걸 말하는 건 그다지 쉽지 않다.* 하지만 사실이 그렇다!"**

그녀는 그 말을 무슨 뜻으로 하는 걸까? 그녀보다 더 진
지하게 글쓰기의 중요성을 느낀 사람은 아무도 없다. 그녀
의 일기의 모든 페이지는 단숨에 써 내려갔기에 본능적이
며, 작업을 향한 태도는 감탄할 만하고, 분별력 있으며, 통렬
하고, 엄격하다. 문학적 한담이라고는 찾아볼 수 없다. 허영
심도, 질투심도 없다. 말년에 자신의 성공을 인식하고 있었
던 게 틀림없지만 조금도 암시하지 않는다. 자신의 작품에

---

*울프는 "What does she mean by that? It's not easy to say."라고 인용했지만, 실
제 맨스필드 일기장의 원문은 "What does one mean by that? It's not too easy to
say."이다. 본 책에서는 맨스필드의 원문을 따랐다.
**이 일기는 1921년 7월 13일과 7월 14일에 쓴 것으로, 단편집 『가든파티』
에 수록된 「이상적인 가족」의 원고를 막 마친 상태였다. 맨스필드는 탈고 후
병세가 심해져 "머리가 깨질 듯 아픈" 고통을 겪으며 며칠 동안 아무것도 하
지 못한 채로 지냈다.

대한 평가는 언제나 날카롭고 냉소적이다. 그녀는 이야기의 풍성함과 깊이를 원했지만, "표면만 스치듯 지나갔지 그 이상은 아닌" 것에 불과하다고 했다. 그러나 글을 쓴다는 것은 만사를 알맞고 민감하게 표현하는 것만으로는 충분하지 않다. 표현되지 않은 무언가에 기반을 두어야 하며, 이 무언가는 견고하고 완전해야 한다. 병세가 점점 심해지는 절망적인 압박에 시달리며, 그녀는 진실되게 글을 쓰는 데 필요한 수정처럼 명징한 것을 찾아 낯설고도 힘겨운 탐색을 시작했는데, 우리는 그것들을 그저 어렴풋이 알아챌 수나 있을 뿐이며 해석하기도 어렵다. "분열된 존재에게서는 어떤 가치 있는 것도 나올 수 없다"*고 그녀는 썼다. 사람은 자아가 건강해야 한다. 5년 동안의 고투 끝에 그녀는 육체적 건강을 추구하는 것을 포기했다. 절망에 빠져서가 아니라 질병이 정신에서 온 것이라 생각했기 때문에, 치료법은 육체적 치료에 있는 것이 아니라 그녀가 인생의 마지막 몇 달을 보낸 퐁텐블

*이 일기는 치료차 파리로 간 바로 다음 날인 1922년 2월 1일에 쓰여졌다. 이즈음 맨스필드는 점차 종교적인 색채를 띠며 "마음을 치유"하기 위해 애쓴다. 여기서 말하는 "분열된 존재"라는 것은, 여러 다양한 자아로 분열되었다는 게 아니라 아니라 육체와 정신의 분리라는 고전적인 분열을 의미한다.

로*에서처럼 "영적 형제애"와 같은 것에 있다고 생각했기 때문이었다. 그러나 그녀는 세상을 떠나기 전 일기 끝부분에 자신의 입장을 요약하는 글을 썼다.**

그녀는 건강해지고 싶다고 썼다. 그런데 그녀는 건강을 무슨 뜻으로 썼을까? "건강이란," 그녀는 썼다. "내가 사랑하는 것—대지와 바다와 태양과 그것의 경이로움들—과 긴밀한 접촉을 통한 충만하고, 성숙하며, 살아 숨 쉬는 삶으로 이끄는 힘을 의미한다. …… 그러면 나는 일하고 싶다. 어떻게? 나는 나의 손과 나의 느낌, 그리고 나의 머리로 일하며 살고 싶다. 나는 정원, 자그마한 집, 풀밭, 동물, 책, 그림, 음악을 원한다. 그리고 이러한 것들로부터, 이러한 것들을 표현하며, 나는 글을 쓰고 싶다.(마부에 관한 글을 쓸 수도 있을 것이다. 그런 건 중요하지 않다.)" 일기는 "다 괜찮다"라는 말로 끝난다. 그리고 그녀는 석 달 뒤에 죽었으므로, 우리 대부분

---

*Fontainebleau. 프랑스 파리에서 남동쪽으로 60km가량 떨어진 곳에 위치. 퐁텐블로 숲은 중세시대 이래 왕족과 귀족들의 사냥터였으며, 사냥과 더불어 휴양하기 위해 상류계급 인사들이 이곳을 찾았다.
**1922년 8월 말, 맨스필드는 모든 치료를 중단하고 런던으로 돌아온다. 10월이 되자 그녀는 더이상 걸을 수도 없이 기어 다니는 상태가 되어 스스로를 "기생 동물"이라 여길 지경에 이른다. 이어지는 밑의 일기는 10월 10일에 쓰여졌다.

이 외양과 인상, 즐거움과 감각 사이에서 한가로이 배회할 나이에 질병과 그녀의 강렬한 본성에 몰려 발견한 어떤 결론을 그 말은 상징한다고 생각하기 쉽다. 하지만 그녀는 누구보다도 더 그러한 외양이나 인상, 즐거움이나 감각을 사랑했었다.

돈
과
사
랑

이 글은 새뮤얼 테일러 콜리지가 쓴 『은행가, 토머스 쿠츠의 삶』(1920, 전 2권)을 읽고 쓴 비평으로, 1828년부터 1921년까지 런던에서 출간 되었던 문예지 「애디니엄The Athenaeum」 1920년 3월 12일 자에 실렸다.

오르막길이야 가파를지 몰라도 산등성이 꼭대기에 설 때 보상은 우리의 것이며, 전기야 어김없이 완고할지 몰라도 우리가 연결어를 찾았을 때 그 가능성은 곧바로 형체를 갖추게 된다. 회고록을 부지런히 읽는 독자는 모든 페이지마다 연결어를 찾아내며 그것을 발견할 때까지 절대로 쉬는 법이 없다. 그것은 사랑이나 야망, 사회적 교류, 종교, 아니면 스포츠일까? 이 모두가 아닐지도 모른다. 표면 아래에 깊숙이 가라앉아 파편들만 흩어져 있는, 번지르르한 겉치레 뒤에 감춰진 어떤 것일지도 모른다. 그것이 무엇이든 간에, 어디에 있든 간에, 일단 형식을 갖추지 않은 전기는 없으며, 힘이 없는 인물도 없다는 사실을 알게 된다. 콜리지 씨*가 쓴 토머스 쿠츠**의 전기 제1권에서 우리는 한동안 더듬거리며 머뭇거리다가 드디어 두 단어를 손에 넣게 된다. 그 두 단어는 상당히 위엄있는 대상에 형체를 부여하며 맡은 바 소임을 다하지만 서로 반대되는 속성에서 예상할 수 있듯, 처음에는 이런 식으로 그러다 또 다음에는 저런 식으로 불쌍한 토머스 쿠츠를 거의 죽을 지경이 될 때까지 여기저기 난타한다. 그런데도 그 알력이 그를 살아있게 했다. 그는 쇠약해진 상태에서 86세까지 살았다. 두 단어 중 하나는 돈이고 다른 하나는 사랑이다.

사랑은 애초부터 온갖 나름의 방식을 가졌다. 그는 형제의 하인이었던 연상의 여인 수잔나 스타키와 결혼했다. 그가 가난한 남자였다면 그 결혼은 극히 지당하게 여겨졌을 것이며 아내는 전기작가들로부터 찬사의 말을 들었을 게 확실하다. 그러나 토머스 쿠츠는 항상 부자였고 나중에는 결국 영

*Samuel Taylor Coleridge(1772~1834). 영국의 시인이자 평론가, 사상가. 대표적 평론 『문학평전』(1817)과, 강연·담화·수첩 등의 형식으로 셰익스피어론을 비롯한 많은 평론으로 거장의 위치를 확립하였다. 여기서는 『은행가, 토머스 쿠츠의 삶』(1920, 전 2권)을 말한다.
**Thomas Coutts(1735~1822). 영국의 은행가. 우연히 왕가 귀족 가문의 노름빚을 대신 갚아준 뒤, 이 일로 은행이 파산 위기에 몰리지만 여왕의 도움으로 영국 최고의 은행으로 성장시켰다.

국을 통틀어 첫째가는 부자가 되었기에, 스타키 가문이 지금은 비록 쇠퇴했을지라도 리Leigh와 페닝턴Pennington의 유서 깊은 스타키 가문의 후손이라는 사실을 증명해야 했다. 따라서 우리는 쿠츠 부인이 "갖고 태어나지 않았던 명예의 짐 아래서" 마음의 상처를 받고 분별력을 잃지는 않았는지 꼼꼼히 살펴보는 게 불가피하다. 그녀가 분별력을 잃었다는 것에는 의심의 여지가 없다. 그녀에게선 가슴이 찢어지는 어떤 소리도 새어 나오지 않았기 때문에 우리는 그녀가 거의 숨 막혀 죽을 지경이었을 거라고 추측할 수밖에 없다. 그녀는 거의 언급되지도 않았다. 아마도 그녀는 h음을 발음하지 않았을 것이다.* 그녀는 스트래턴가Stratton Street의 층계 꼭대기에 할 수 있는 한 꼿꼿하게 서서 아마도 자신의 출신을 드러내지 않고 왕족 공작들과 악수했을 것이다. 그녀는 절대 그들의 감정을 상하게 하지도, 이목을 끌려고도 획책하지 않았다. 하녀에게서 그 이상 무엇을 기대할 수 있겠는가? 개인 자격으로 온전한 문장을 말할 때 한 번 불길하게 반짝이는 눈빛을 제외하고 그녀는 온통 음울하고 어둡고 엄숙했

*ham을 'am, hair를 air로 하는 런던 사투리. 보통 교양이 없다는 표시로 쓰인다.

다. 그녀에게는 자녀가 있었으며, 그중 세 딸이 살아남았다. 그러나 아이들은 상속녀들이었기에 부유층이 애용하는 학교로 보내져야만 했는데, "정숙한 사람들과 친분을 쌓게 해주고자" 하는 야망은 쿠츠 자신을 위한 것이라기보다는 딸들을 위한 것으로, 그 학교는 딸들이 조지 서튼 경*의 딸들과 친구가 되어야 한다는 그의 바람을 암시하는 곳이었다. 딸들은 가정교사로 유서 깊은 귀족 출신의 프랑스 백작부인을 두었다. 태어난 이래 그들은 돈으로 감싸여 뒤덮여졌다.

토머스 쿠츠는 스트랜드Strand에 있는 사무실에서 어떤 독자들은 충분히 알 수 있지만, 또 다른 독자들에게는 수수께끼와도 같은 문제로 남아있어야만 하는 방법으로 해마다 재산을 축적했다. 그는 실리적이고 빈틈없는 사업가였으며 포기할 줄을 몰랐다. 그는 "공손하게 순종하는 법을 알았으며, 언제 그리고 어떻게 자신의 독립성을 주장해야 하는지를 알았다." 또 정부가 발행하는 공채를 현명하게 이용했으며, 자신의 신분에 상응하는 생활을 했다. 우리는 콜리지 씨가 그의 사업적 이력에 대해 요약한 것이라든가, 돈을 굴리

---

*Lord George Sutton. 영국의 귀족으로 정치인 가문이었다.

는 일이 별문제 없이 진척되었다는 말을 곧이곧대로 받아들일지도 모른다. 문외한에게는 그 광경에 어떤 잔인함 같은 게 있다. 주인은 누구이며 노예는 누구인가? 이 둘은 어떤 끔찍한 종류의 갈등이 섞여 있는 것처럼 보인다. 이따금 자신도 모르게 얼마나 크게 신음소리가 새어 나오는지, 마르고 기다란 얼굴에 앙다문 입술과 초조한 눈길로 얼마나 불안한 듯한 표정을 지었는지 모른다! 언젠가 한번은 오랜 친구인 크로퍼드 대령*과 함께 차를 타고 가고 있을 때, 그는 몇 시간이고 아무 말도 하지 않은 채 앉아 있었다. 집에 도착하자 대령은 다른 사람 같으면 칼이나 총이 필요했을 거라며 "이 침묵의 경멸"에 대해 해명을 요구하는 격노의 글을 썼다. 가련한 쿠츠는 외쳤다. "너무도, 너무도 어리석도다." 사실은 그저 "나의 영혼은 사라졌고 마음은 지치고 괴로웠을" 뿐이며 "지금의 나는 분개의 대상이 아니라 오히려 연민의 대상"일 뿐이라고 말이다.

그러나 영국에서 제일가는 부자를 차 속에서 몇 시간이고 침묵으로 몰고 간 남모르는 고뇌가 무엇이든 간에, 사무

---

*John Walkinshaw Crawfurd(1721~1793). 전 재산을 토머스 쿠츠에게 남긴다는 유언을 작성하였다. 이 일은 가문의 분쟁으로 이어졌다.

실의 우울함을 밝혀주고 회계원장을 빛으로 물들이는 그의 신분에 부여된 즐거움들과 특권들 또한 있었다. 독자는 그에게 편지를 쓴 사람들의 어투에 신기한 점이 있다는 사실을 알게 된다. 그들의 목소리에는 한결같이 은밀하면서도 고뇌에 찬 문체가 있다. 편지를 쓴 사람들은 이 나라에서 제일가는 권력자들 중 일부였다. 그런데도 그들은 보통 손수 직접 쓰고는 흔히 "이 편지를 읽는 순간 불태우시오." …… "우리 전하에게는 말하지 말아 주시오"라는 경고를 덧붙였다. 이 특별한 문서는 계속된다. "또 이 지상의 어느 누구에게도 말하지 마시오." 그들은 왕족으로서 품위 있고 재능이 뛰어나긴 했지만, 죄다 돈이 궁했다. 모두가 토머스 쿠츠에게 왔다. 모두가 그에게 도움을 요청하는 탄원자와 죄인으로서 마치 그가 의사와 신부 사이의 무엇이라도 되는 양 자신들의 어리석음을 고백하며 접근했다. 그는 채텀*의 연금 지급이 지연되었을 때 채텀 부인이 얼마나 고통스러워하는지에 대해

*William Pitt(1708~1778). 제1대 채텀 백작인 윌리엄 피트를 말한다. 그의 헌신적인 아내 헤스터 채텀 백작부인을 일컬어 토머스 쿠츠는 "당대 가장 똑똑한 정치인이자 사업가"라고 표현했다. 백작이긴 했으나 부부는 빚더미에 허덕였으며, 다섯 아이를 키우며 부인 혼자 재정적 부담을 감당했다고 한다.

들었으며, 찰스 제임스 폭스*에게는 10,000파운드를 증여해 넘쳐흐르는 감사의 인사를 받았다. 왕족 공작들은 쿠츠 앞에서 자신들이 처한 상황을 털어놓았다. 데번셔의 공작부인인 조지아나**는 도박으로 날린 손실에 대해 고백했으며, 그를 진정한 친구라 불렀고 그에게 빚을 진 채 죽었다. 헤스터 스탠호프 부인***은 레바논산 꼭대기에서도 쩌렁쩌렁 메아리칠 정도로 목청 높여 말했다. 당시 토머스 쿠츠는 당연히 자신이 원하는 것을 말하기만 하면 되는 때였으며, 일부 막강한 권력자들이 그에게 돈을 얻기 위해 분발하던 때였다. 쿠츠는 딸들이 프랑스 귀족사회에 소개되기를 바랐고, 조지 4세가 자신과 거래하기를 바랐으며, 자신의 마차가 세인트 제임스 공원을 통과하는 것을 왕이 내버려두기를 바랐다. 그

---

*Charles James Fox(1749~1806). 영국의 정치가. 휘그 내각의 첫 외무장관을 세 차례 역임했다.

**Georgiana Cavendish(1757~1806). 뛰어난 화술과 아름다운 외모로 런던 사교계를 주름잡았다. 찰스 제임스 폭스와 먼 친척 관계였다. 본가인 스펜서 가문과 남편의 가문인 캐번디시 가문 모두 엄청나게 부유한 집안이었지만, 공작부인에게 한 푼도 주지 않았기 때문에 엄청난 빚을 남기고 죽었다고 전해진다. 임종 당시 그녀는 오늘날 돈으로 환산하면 372만 파운드에 해당하는 빚을 남기고 갔다.

***Lady Hester Stanhope(1776~1839). 영국의 귀족으로 런던 사회를 거부한 채 중동의 사막을 거침없이 내디디며 여행과 모험의 인생을 택했다.

러나 그는 데번셔의 공작부인조차도 조달할 수 없는 것들을 바랐다. 그는 건강을 바랐고, 사위를 바랐다.

여기에서 콜리지 씨는 "그의 딸들과 그의 금전에 어울리는 구혼자가 단 한 명도 없었다"고 말한다. 쿠츠 부인이 하녀 시절에 던도널드 경에게 비눗물을 뒤집어씌우기라도 했던 것일까?* 아니면 쿠츠 가족에게 존재하는 광기가 어김없이 세 자매에게서도 "정신질환"으로 빈번하게 드러나기라도 했던 것일까? 어쨌든, 막내인 소피아가 프랜시스 버데트**와 약혼하게 되었을 때는 열아홉 살이었으니 다른 상속녀들은 아마 그보다 몇 년 전에 왕관을 써야 했을 것이다. 그때 그녀의 두 언니는 자신들의 애정을 맹세하고도 남았다. 그러나 사랑은 언제나 쿠츠의 가족들에게 비극이나 희극의 가면을 쓴 채 오거나, 또는 그 두 가지가 기괴한 조합을 이룬 채 왔다. 예를 들면, 어떤 두 젊은이를 지목했는데 그들은 온갖 충

---

*스코틀랜드 귀족인 던도널드 경은 학창시절에 휴일이 되면 쿠츠의 집에 종종 놀러 와 당시 하녀였던 쿠츠 부인과 장난을 치며 뛰어놀았다고 한다.
**Francis Burdett(1770~1844). 영국의 개혁적 정치가로 "직접세 납부자들에게 모두 선거권을 부여하라"고 주장했다. 소피아는 당시 결혼 지참금으로 25,000파운드를 받았다.

고와 간청에도 불구하고 공개적으로 내기를 벌여 샤프하우젠 폭포*로 뛰어들었다. 둘 다 익사했다. 2년 뒤 [맏딸인] 수잔은 길퍼드 경과 결혼할 정도로 충분히 회복했고, [둘째인] 패니는 7년 동안 애도한 끝에 부트 경을 받아들였다. 그러나 부트 경은 쉰여섯에다 자식이 아홉이나 있는 홀아비였으며, 길퍼드 경은 "쿠츠 양에게 과일바구니를 선물하는 행위를 하는 중에" 말에서 떨어져 척추를 다쳐 너무 이른 나이에 죽기 전까지** 수년간 육체적인 고통에 시달렸다.

그러나 사실과 관련된 어떠한 진술보다도, 현실에서 그러하듯, 온갖 인상들과 기억에 남을만한 표현 방식들이 전기에서 삶을 형성한다. 우리는 토머스 쿠츠가 딸들을 극진히 아꼈고 딸들의 고통을 진심으로 가슴 아파했으며, 딸들을 위해 즐거운 일들과 위안을 주는 일들을 만들어냈으며, 때로는 이러니저러니 해도 딸들이 행복했다고 확신하고 싶어 한다는 사실을 분명히 알 수 있다. 그러나 동일한 증거 위에서

*스위스에서 가장 큰 폭포인 라인 폭포가 있는 지역명이 샤프하우젠이다. 독일과 스위스의 국경이 맞닿아 있다.
**수잔은 길퍼드 경과 1796년 결혼했으며, 길퍼드 경은 1802년, 44세의 나이에 죽었다.

우리는 딸들이 행복하지 않았다는 사실을 쉽게 짐작할 수 있다. 이 당시에도 프랜시스 버데트 경은 장인에게 약간 심려를 끼쳤다. 다음의 발췌문이 그에 대한 근거를 암시하고 있다.

> 어제 2시 정각에 피커딜리로 가는 길에 버데트를 만났다. …… 그에게 어디로 가고 있는지 물었다. …… 화이트 푸어드 씨와 약속이라도 있는지 묻자, 공평히 평가하자면, 그는 얼굴을 붉혔다. 그리고 크게 놀라는 듯한 기색을 보이며, 전날만 해도 각별하게 기억하고 있었는데 완전히 까먹어 버렸다고 고백했다. …… 우리처럼 매사에 정확한 사람들에게 이러한 일들은 낯설어 보인다.

아마도 쿠츠 씨는 약속을 잊어버릴 수 있는 한 남자가 하원에 저항하다 집에서 포위 공격을 견디며 군중들의 "버데트여 영원하라!"는 외침 속에서 근위병들에게 강제로 붙잡혀 런던탑에 투옥돼 고통을 받는다 해도 그다지 놀라지 않았을 것이다. 훗날 쿠츠는 사위가 집을 나가야 한다고 주장해야 했다. 그러나 그 경우 우리는 은행가를 동정하게 된다. 대부분의 사람들과 마찬가지로, 프랜시스 경은 유산을 잃을 위험에 처하자 그가 가진 성질이나 태도, 인성, 또 온갖 체면을 다 잃었다. 그러나 당장은 유산은 안전했고, 표면적인 삶은 화려하고 평온했다. 쿠츠 씨 내외는 스트래턴가의 대저택에서 살았다. 그들은 여기저기서 공작과 백작의 귀빈으로 환대받으며 이 고장 저 고장의 훌륭한 저택으로 여행다녔다. 그들의 부는 쌓이고 쌓였으며, 수상들과 왕들은 민감한 사안들을 토머스 쿠츠에게 상의했다. 그는 하노버 왕가와 스튜어트 왕가 사이에서 특사로 활동했으며, 동시에 매우 기쁘게도, 겨울용 속치마를 파리에서 데번셔의 저택으로 부칠 수 있었다.

그러나 그 화려한 표면의 내부에는 깊은 균열이 있었다. 윌리엄 4세*가 쿠츠 씨네 가족들과 만찬을 할 때 쿠츠 부인은 아래층으로 가는 중에 언제나 "전하, 전하께서는 조지 3세의 아버지가 아니십니까?"라고 속삭였고, 왕은 "짐은 항상 그렇다고 대답을 했다." …… "젊든 늙든 여자에게 부정해봤자 쓸데없는 일이지 않은가, 안 그런가?"라고 말했다. 그

---

*1765~1837. 영국의 왕(재위 1830~1837)으로, 하노버 왕가가 배출한 다섯 번째 군주이다. 조지 3세의 셋째 아들이다.

녀는 분별력을 잃고 있었다. 생애 마지막 10년 동안 그녀는 제정신이 아니었다. 그러나 늙은 쿠츠는 그녀로 하여금 왕을 저녁식사 자리에서 모시도록 했고, 의사들과 딸들이 그녀를 제발 좀 통제하라고 간청했을 때에도 손수 성실하게 보살폈다. 그는 헌신적인 남편이었다.

　동시에 그는 헌신적인 연인이었다. 쿠츠 부인의 건강이 점점 나빠지고 남편이 살뜰하게 돌보던 그 10년 동안, 그는 말들과 마차들, 별장들, "장기 연금지급액" 전부를 리틀러셀가Little Russell Street에 있는 젊은 여배우에게 쏟아붓고 있었다. 그러한 역설은 그의 전기 작가들을 당황스럽게 했다. 늙은 은행가와 젊은 여자 사이의 관계가 어디까지가 부도덕한지에 대해 결정하는 일은 다른 사람들에게 맡겨두자. 우리는 그런 것 때문에 그만큼 더 그에게 끌린다는 사실을 인정해야 한다. 더욱이 그것은 그가 아내를 사랑했다는 사실을 입증하는 것 같기도 하다. 처음으로 그는 새벽녘에 새들이 지저귀는 소리를 듣고 봄철의 나뭇잎들에 주목한다. 그에게는 해리엇*이 그렇듯 새들과 나뭇잎들도 순수하고 생기 넘쳐 보였다.

그토록 많은 기쁨을 느끼며 그토록 순수한 마음으로 천상을 바라볼 수 있는 그대는 그토록 아름다운 하늘을 보는 것에 커다란 즐거움을 가져야만 하오. …… 가벼운 영양식을 드시오. 양고기구이와 구운 음식이 제일 좋소. 흑맥주는 건강에 좋지 않소. …… 나는 그대가 들여다볼 종이에 입을 맞추고 있소. 그대도 꼭 여기에 입을 맞춰 주시오. 그러면 내 입술이 방금 닿은 종이에 그대의 사랑스러운 입술이 닿을 것이오. …… 알다시피 오담*에 있는 토지는 지금 알아보고 있소. 당신이 가진 3퍼센트의 채권과 장기 연금지급액은…….

편지는 새에서 시작해 플란넬로 만든 밤에 쓰는 모자, 영원하고도 뜨거운 사랑에서 시작해 수익성 있는 투자에 이르기까지 계속된다. 그러나 이 온갖 다양한 편지들을 연결시키는 문체는 그가 해리엇의 "순수하고, 천진난만하고, 솔직하

*Harriot Mellon(1777~1837). 앞서 말한 여배우. 젊었을 때 듀크가에 있는 극장에서 연극하다 쿠츠의 시선을 한눈에 사로잡아 쿠츠의 첫 부인이 죽자 두 번째 부인이 되었다(1815년). 쿠츠가 죽은 1822년에 그의 가족 소유의 은행 이자를 포함, 막대한 재산을 물려받았다.
*Otham. 잉글랜드 켄트 지역의 마을.

고, 상냥하고, 애정 어린 마음"에 대해 지칠 줄 모르고 끊임없이 흠모하는 마음이다. 그 나이에 그와 같은 환상을 누릴 수 있다는 사실을 알게 된 딸들과 사위들에게는 끔찍한 충격이었다. 쿠츠 부인이 묻힌 지 나흘 뒤, 일흔아홉 살난 노신사가 (쿠츠 가족이 사랑에 빠졌을 때 늘상 따라다니는 불운한 사고처럼, 나중에 밝혀진 일이지만 그들의 결혼은 불법이었다) 서둘러 성 판크라스 교회로 가 출신 성분도 모르는 튼튼한 육체를 가진 여배우와 결혼했다는 사실이 드러났을 때 가족들은 둘로 찢어졌다며 극도로 통탄스러워 했다. 그의 재산은 어떻게 될까? 가족들은 재산에 대한 문제를 공개적으로 물을 수 없었기에, 스트래턴가에서 "하인들에게 책임을 돌리는" 보다 우회적인 방식을 취했다. 즉, 현재의 쿠츠 부인이 남편에게 독약을 먹이고 있으며, 반라로 있을 때 침실에 남자들을 들이는 습관이 있다는 소문을 내는 것이었다. 쿠츠는 딸들과 사위들에게 기백이 넘치긴 했지만 백 년이 지난 뒤에 읽어도 지독히 가슴이 저릴 고통스러운 편지로 답했다.

가족들이 그를 얼마나 끔찍하게 괴롭혔을까! 그가 행복한 것을 얼마나 못마땅해했을까! 연민이 담긴 말을 단 한마디라도 해주었다면 그가 얼마나 고마워했을까! 그러나 그에게는 여전히 해리엇이 있었다. 그녀가 겨우 옆방으로 갔는데도 그는 자신이 그녀를 얼마나 사랑하고 믿는지, 또 가족들이 그녀에 대해 말하는 악의적인 것들을 마음에 담아두지 말라고 애원하는 편지를 썼다. 그는 "그대의 영원하고 행복하며 가장 사랑하는 남편으로부터"라고 자필로 서명하고, 그녀는 "내 사랑, 톰!"을 들먹인다. 실제로 해리엇은 그녀가 얻은 모든 돈을 받을 만했으며, 우리는 그녀가 그 돈을 모두 가졌다는 생각에 대단히 기뻐한다. 그녀는 마음이 넓은 여인이었다. 그녀는 의붓딸들에게 아낌없이 베풀었다. 그녀는 언제나 쇠약한 배우들의 장례식을 호화스럽게 치러주었고, 그들을 기념하는 대리석 명판을 세워주었다. 그녀는 공작과 결혼했다.* 그러나 살아있는 동안 매해 그녀는 리틀러셀가로가 마차에서 내려 하인을 물러가게 한 뒤 "가난한 어린아이 연기자"로 삶을 시작했던 집을 들여다보려고 좁다란 진창길을 따라 걸었다. 언젠가 한번은 톰이 죽은 지 한참 지났을 때

*1827년에 해리엇은 자신보다 23세 연하인 9대 성 알반스 공작, 윌리엄 부클럭과 재혼했다.

였는데, 그녀는 톰이 나오는 꿈을 꾸었다. "그가 어찌나 건강하고 온화하며 성스러운 모습으로 나를 찾아왔는지 모른다. 그는 나의 구두를 갈아 신겨 주기를 간절히 원했다"고 기도서 앞장에 적었다. 틀림없이 실제 삶에서도 그랬을 것이다. 그러나 꿈속에서 그것은 "그에게로 물길을 헤쳐 나가다 내가 몸살에 걸릴까 봐서"였다. 이는 마치 톰과 해리엇이 그 모든 돈으로부터 조그마한 사랑의 파편을 건지기 위하여 거센 물길을 헤쳐 나간 것처럼 우리의 마음에 다소 감동을 준다.

_ 버지니아 울프의 삶과 연보

1882년 1월 25일 런던에서 태어났다. 빅토리안 시대의 철학자이며
『영국 인명사전』의 편집자인 레슬리 스티븐과 줄리아 덕워스의 자식이다. 아버지는 소설가 윌리엄 매이크피스 세커리의 딸과 첫 결혼을 했으나 사별하고, 자녀가 셋 딸린 미망인 줄리아 덕워스와 재혼해 자녀를 넷 더 낳았는데, 그중 셋째가 바로 울프다. 형제인 토비와 애드리언은 케임브리지로 진학했고, 언니인 바네사는 화가가 되었다. 울프는 독학으로 교육했으며, 아버지의 서재에서 방대한 양의 고전문학을 탐독하며 자랐다.

1888. 이복오빠 제럴드 덕워스의 성추행이 시작되다.
1895. 어머니가 죽다. 처음으로 신경쇠약 증세를 앓다. 이후 10여 년간 조지 덕워스에게 성추행을 당하다.
1896. 언니인 바네사와 프랑스로 여행하다.
1897. 이복언니 스텔라가 죽다. 킹스칼리지런던대학에서 그리스어와 역사 수업을 듣다.
1899. 토비가 케임브리지의 트리니티칼리지에 들어가면서, 새로운 전기문학의 창시자인 자일스 스트레이치, 훗날 울프의 남편이 될 레너드 울프, 시인이자 예술비평가인 클라이브 벨을 만나다. 이 케임브리지 친구들은 일명 '블룸즈버리그룹'으로 알려지게 된다.

1904. 아버지가 죽다. 두 번째 신경쇠약 증세가 시작되다. 첫 글이 무명으로 『가디언』지에 실리다. 언니인 바네사와 친구인 바이올렛 디킨슨과 함께 프랑스와 이탈리아로 여행하다. 블룸즈버리에 있는 고든 스퀘어로 이사하다. 이곳에서 여성 참정권론자이자 작가인 제인 스트레이치, 시인 샬럿 뮤, 화가 도라 캐링턴을 만나다.

1905. 스페인과 포르투갈로 여행하다. 런던의 몰리칼리지에서 노동자들을 위해 야간에 일주일에 한 번씩 서평을 쓰고 가르치다.

1906. 그리스로 여행하다. 오빠 토비가 장티푸스로 죽다.

1907. 언니 바네사가 클라이브 벨과 결혼하다. 남동생 애드리언과 피츠로이 스퀘어로 이사하다. 훗날 첫 작품이 될 『출항』을 쓰기 시작하다.

1908. 벨 부부와 함께 이탈리아를 방문하다.

1909. 자일스 스트레이치(동성애자)가 청혼하다. 오틀린 모렐을 만나고, 독일 남부의 바이로이트와 이탈리아의 플로렌스를 방문하다.

1910. 여성참정권 운동에 가담하다. 잉글랜드 동남부 트위크넘의 요양원에서 보내다. 로저 프라이가 기획한 후기 인상파 화가들의 첫 번째 전시회가 열리다.

1911. 브룬스윅 스퀘어로 이사해 애드리언과 경제학자 존 메이너드 케인스, 화가 덩컨 그랜트, 레너드 울프와 한집에서 기거하다. 터키로 여행하다.

1912. 2월에 레너드와 아샴 하우스를 빌리고, 여름에 레너드와 결혼하다. 프로방스와 스페인, 이탈리아로 신혼여행을 떠나다. 클리포

즈 인에서 신혼생활을 시작하다. 아샴 하우스는 훗날 『유령의 집』의 무대가 된다.

1913. 『출항』의 원고를 완성한 다음 정신병이 도지고 첫 자살을 시도하다. 남편과 간호사들의 보살핌을 받다.

1914. 제1차 세계대전이 발발하다. 런던 남쪽 교외의 리치먼드에 있는 호가스 하우스로 이사하다. 어느 정도 건강이 회복되다.

1915. 첫 소설 『출항』이 이복오빠 제럴드가 경영하는 덕워스출판사에서 출간되고 호평을 받다. 또다시 병세가 악화되다.

1916. 여성협동조합에서 강의하다. 익명으로 「타임스」 문예 부록에 정기적으로 서평을 발표하고, 『벽 위의 자국』을 쓰다.

1917. 수동식 인쇄기를 구입, 리치먼드에 출판사 '호가스 하우스'를 차리다. 훗날 호가스 출판사는 T. S. 엘리엇과 프로이트, 울프 자신의 책들을 출간하게 된다.

1918. 제임스 조이스의 『율리시즈』 출간을 권유받았으나 사절하다. 11월에 1차대전이 끝나고, 여성참정법안이 통과되다.

1919. 로드멜에 있는 몽크스 하우스를 빌리다. 『밤과 낮』이 출간되다. '의식의 흐름 기법'을 실험하는 캐서린 맨스필드와 짧은 우정을 나누다.

1920. 『제이콥의 방』을 쓰기 시작하다.

1921. 여름철 내내 병을 앓다. 『월요일 혹은 화요일』을 출간하다.

1922. 『제이콥의 방』이 출간되다. 짧게 사랑한 연인 비타 색빌-웨스트와 만나다.

1923. 스페인을 방문하다. 『댈러웨이 부인』의 초기 버전인 『세월』을 쓰다.

1924. 태비스톡 스퀘어에 있는 주택을 구입하다. 케임브리지대학에서 「현대소설」을 주제로 강연, 이 원고를 정리하여 「베넷 씨와 브라운 부인」이라는 제목의 에세이를 발표하다.

1925. 「현대소설」을 포함한 스물한 편의 글을 모아 평론집 『보통의 독자』와 『댈러웨이 부인』을 출간하다. 크리스마스에 켄트주 놀Knole의 유서 깊은 성에 살고 있는 비타를 찾아가는데, 이것이 『올랜도』를 기획하는 계기가 되다.

1926. 풍진을 앓다. 『등대로』를 쓰기 시작하다.

1927. 『등대로』가 출간되어, 그 수입으로 자동차를 구입하다. 프랑스와 시칠리로 여행하다. 『올랜도』 집필에 들어가다.

1928. 비타 색빌-웨스트의 삶에 바탕을 둔 『올랜도』 출간되다. 케임브리지에서의 강연을 토대로 한 『자기만의 방』을 집필하다.

1929. 훗날 페미니즘의 교과서로 추앙받는 여성 배제에 관한 에세이, 『자기만의 방』 출간하다. 베를린으로 여행하다.

1930. 피아노 연주자이자 작곡가, 여성 정치가 에델 스미스를 만나 사랑에 빠지다. 『파도』의 초고를 마치다.

1931. 여섯 인물들의 생각으로 이루어진, 문학적 실험이 극에 달한 『파도』를 출간하다.

1932. 자일스 스트레이치 죽다.

1933. 시인 엘리자베스 바렛 브라우닝의 애견 코커스패니얼에 대한 상상적 전기 『플러쉬』 출간하다.

1934. 로저 프라이 죽다. 『세월』을 다시 쓰다.

1936. 반파시스트 집회에 참석하다. 『자기만의 방』의 속편이라고 할 수 있는 『3기니』를 쓰기 시작하다.

1937. 『세월』을 출간하다.

1938. 가부장제와 군국주의, 특권에 대한 페미니즘적 비평이 확대된 『3기니』 출간하다. 로저 프라이의 전기를 쓰는 데 착수하다.

1939. 멕클렌버그 스퀘어로 이사하나 대부분 몽크스 하우스에서 지내다. 런던에서 프로이트를 만나다.

1940. 5월에 독일군이 네덜란드와 벨기에로 침공하고 6월 14일 파리가 함락되면서 로드멜에도 공습에 대한 불안감이 높아지다. 7월에 전기 『로저 프라이』 출간하다. 8~9월에 런던은 대대적인 공습을 받고, 9월 29일 로드멜의 서재 근처에 폭탄이 떨어지다. 10월 17일 런던의 집이 소실되다.

1941. 마지막 소설 『막간』을 탈고하다. 외투 주머니에 돌멩이들을 가득 채워 넣고 몽크스 하우스 근처에 있는 우즈강으로 걸어 들어가다.

그녀의 생애(1882~1941)는 이른바 '의식의 흐름'이라는 기법의 개척자로 동시에 평가받는 아일랜드의 작가 제임스 조이스의 생애와 정확히 일치한다. 다시는 살아 돌아오지 못한 강으로 터벅터벅 걸어가

기 전에 버지니아는 남편에게 다음과 같은 유서를 남겼다.

사랑하는 당신.

나는 다시 미쳐가고 있다는 것을 여실히 느껴요. 나는 우리가 그 끔찍한 시간들을 또다시 헤쳐 나갈 수는 없다고 느껴요. 그리고 이번에는 회복되지 못할 거예요. 나는 여러 목소리들을 듣기 시작했고, 집중할 수가 없어요. 그래서 내가 할 수 있는 것 같아 보이는 최선의 일을 하려고요. 당신은 내게 최대한의 행복을 선사했어요. 당신은 모든 면에서 어느 누구보다도 잘해줬어요. 이 끔찍한 병이 생길 때까지 우리 두 사람보다 더 행복한 사람은 없었을 거예요. 난 이제 더는 싸울 수 없어요. 당신의 삶을 망치고 있다는 것을 나는 알아요. 내가 없어야 당신이 일을 할 수 있다는 사실도. 당신도 내가 안다는 것을 알 거예요. 보다시피 이 편지도 제대로 쓸 수조차 없잖아요. 읽을 수도 없어요. 내가 하고픈 말은 내 삶에서 누렸던 모든 행복을 당신에게 빚졌다는 거예요. 당신은 한결같이 나를 참아줬고, 믿을 수 없을 정도로 잘해주었어요. 모든 사람들이 그것을 안다는, 이 말만은 꼭 하고 싶어요. 만약 누군가가 나를 구해줬다면 그건 아마 당신이었을 거예요. 당신의 따뜻한 마음에 대한 확신 말고는 내게서 모든 것이 다 사라져버렸어요. 이제 더는 당신의 삶을 망치고 싶지 않아요. 우리 두 사람보다 더 행복했던 사람들은 있을 수 없을 거예요.

V.

울프의 죽음 이후 이 편지에서 보이는 최후의 절망적 순간을 두고, 광기를 여성적 저항의 한 형태로 강조하는 페미니스트들도 있었으며, 나치의 지배를 정면으로 맞닥뜨릴 용기가 없는 회의론자였느니 하는 말들도 나왔다. 그러나 죽음에만 초점을 맞추는 것은 그녀의 삶을 모순되게 전하는 것이다. 어두운 방에서 편두통과 우울증에 시달리면서도, 살아있는 59년의 세월 동안 그녀는 자신보다 훨씬 더 오래 산 대부분의 작가들보다 더 많은 것을 써냈다. 9편의 소설과 100편이 넘는 에세이, 6권에 해당하는 편지, 5권의 일기. 이 모든 글은 놀라울 정도로 독특한 목소리와 고유의 리듬을 가지고 있다. 심지어 일기조차도 그날그날의 순간을 "끔찍이도 민감한 마음"으로 세밀하게 관찰한, 살아 숨 쉬는 한편의 단편소설 혹은 에세이라고 할 수 있다.

『파도』에서 그녀는 죽음에 굴하지 않고 맞서겠다는 문장으로 끝을 맺는다. 파도가 해변에 부서지듯, 그녀가 남긴 글들은 소설가 앨리스 워커의 말마따나 "우리들 중 그토록 많은 사람들을 구했다."

끔찍하게 민감한 마음

버지니아 울프
양상수 옮김

초판 1쇄 발행 _ 2018년 2월 2일

펴낸이 강경미 **ㅣ 펴낸곳** 꾸리에북스 **ㅣ 디자인** 앨리스

출판등록 2008년 8월 1일 제313-2008-000125호

주소 121-840 서울 마포구 합정동 성지길 36, 3층

전화 02-336-5032 **ㅣ 팩스** 02-336-5034

전자우편 courrierbook@naver.com

ISBN 9788994682303

이 도서의 국립중앙도서관 출판예정도서목록(CIP)은 서지정보유통지원시스템 홈페이지(http://
seoji.nl.go.kr)와 국가자료공동목록시스템(http://www.nl.go.kr/kolisnet)에서 이용하실 수 있습
니다.(CIP제어번호: CIP2018000661)

파본이나 잘못 만들어진 책은 바꾸어 드립니다. 책값은 뒤표지에 있습니다.